KB040261

현명하게 세속적인 삶

복거일 지음

현명하게 세속적인 삶

2006년 12월 26일 인쇄
2006년 12월 30일 발행

지은이 | 복거일
펴낸이 | 진성원
펴낸곳 | 경덕출판사
등록 | 2003. 9. 23 제 6-517
주소 | 서울시 성북구 정릉 3동 653-40
전화 | 02)909-2348, 912-0856
팩스 | 02)912-4438

www.bookkd.com

ISBN 89-91197-34-5 03800

값 10,000원

만일, 때로 (폭풍 부는 바다에서의 하루처럼), 삶이 쓴 해학처럼 보이면, 해학을 기억하고 쓴맛은 용서하자.

If, now and then (as on a stormy day at sea), life seems a bitter jest, let us remember the jest, and forgive the bitterness.

- 윌 듀란트 (Will Durant), 〈철학의 즐거움(The Pleasures of Philosophy)〉 에서

차 례

제 1 부
나무 타기의 비결

제 2 부

예술은 사소한 것이다

제 3 부

비명(碑銘)과 수의(壽衣)

라 로쉬푸코와 체스터필드의 좋은 조언들을 단 하나의 경구로 묶는, 어쩔 수 없이 무리한 일을 시도한다면, 나로선 그들보다 좀 먼저 살았던 영국 시인 콸스(Francis Quarles)의 "현명하게 세속적이어라, 세속적으로 현명하지 말고 (Be wisely worldly, be not worldly wise)"라는 구절을 들고 싶다. 이 세상에서 살아가려면 어쩔 수 없이 세속적이어야 한다. 그러나 세속적 처신으로 시종하면, 무언가 근본적 중요성을 지닌 것을 놓칠 수도 있다. 따라서 자신이 추구하는 삶에 맞는 방식과 정도로 세속적이어야 한다는 얘기다.

제 1 부
나무 타기의 비결

내가 부모 되어서 알아보랴?

| 1 |

추석이면, 부모를 여윈 사람들의 가슴은 허전할 수밖에 없다. 텔레비전이나 신문의 광고들에 나오는 부모와 자식들의 상봉 장면들에도 가슴이 아릿해진다.

산보 길에서 나이 든 부인을 보고, 이시카와 타쿠보쿠(石川啄木)의 〈우스개 삼아〉를 뇌었다.

"우스개 삼아 어머니를 업어 보고
그 너무나 가벼움에 목메어
세 발짝도 못 걷네."

김춘수 옮김

"밥 챙겨서 먹어라", "뜨습게 입어라", 볼 때마다 하시던 어머님 말씀을 요즈음 다 큰 딸 아이에게 하는 자신을 발견하곤, 속으로 서글픈 웃음을 짓게 된다.

어머니의 사랑을 읊은 명시들이 많지만, 동양에선 8세기 당(唐)의 시인 맹교(孟郊)의 〈떠도는 아들의 노래(遊子吟)〉가 오래 애송되었다.

"자애로운 어머님 손에 들린 실,
떠도는 아들의 몸에 걸친 옷.
떠날 때 촘촘히 꿰매셨으니,
더디더디 돌아올까 걱정하셨음이라.
누가 말했던가, 한 치 풀의 마음이라도
석 달 봄의 햇살을 보답하리라.

慈母手中線
遊子身上衣
臨行密密縫
意恐遲遲歸
誰言寸草心
報得三春暉

효도는 힘들다. 보통 사람들에게 효도는 늘 뒤늦게 마음속으로 하는 무엇이다. "내리 사랑은 있어도, 치사랑은 없다"는 옛 얘기는 생물학적 근거를 지녔다.

그래서 사람의 됨됨이를 가늠하는 데서 효도는 믿을 만한 지표가 된다. 모질거나 사악한 사람들도 자식들을 끔찍이 아끼는 것은 흔히 보지만, 효자, 효녀, 효부로서 악인인 경우는 정말로 보기 힘들다. 특히 효부는.

부모가 되어 봐야, 부모 심정을 안다는 얘기는 물론 맞다. 세상 모든 일이 실제로 해 봐야 제대로 알게 되지만, 부모 심정은 특히 그렇다.

"낙엽이 우수수 떨어질 때,
겨울의 기나긴 밤,
어머님하고 둘이 앉아
옛 이야기 들어라.

나는 어쩌면 생겨 나와
이 이야기 듣는가?
묻지도 말아라, 내일 날에
내가 부모 되어서 알아보랴?"

가사가 되어 널리 알려진 소월(素月)의 〈부모〉는 그 사실을 아련한 그리움으로 일깨워준다. 그렇긴 하지만, 불효를 지을 때도 우리는 알았다, 부모가 돌아가신 뒤에 우리가 깊이 후회하리라는 것을. 후회할 줄 알면서도, 우리 마음의 결이 그렇게 나서, 부모 마음을 아프게 해드렸던 것이다. 아놀드 베네트의 말대로, "그것이 인생이다. (That's what life is.)"

안식구가 직장에 다닐 때, 장인께서는 아침마다 안식구의 구두를 닦아놓으셨다고 했다. 이제는 안식구가 직장도 없는 딸 아이의 구두를 닦아 놓는다. 그런 안식구의 모습을 보노라면, 로버트 헤이든(Robert Hayden)의 〈그 겨울 일요일들(Those Winter Sundays)〉이 떠오른다.

"일요일에도 아버지는 일찍 일어나
암청색 추위 속에서 옷을 입고
주일 날씨 속의 노동으로 욱신대는 갈라진 손으로
불씨를 살려 불을 지폈다.
누구도 그에게 고맙다는 말을 한 적이 없었다.

나는 깨어나 추위가 갈라지고 부서지는 것을 들었다.
방들이 따스해지면, 그는 부르곤 했다,
그러면 나는 천천히 일어나 옷을 입었다,
그 집의 만성적 분노를 두려워하면서,

추위를 몰아내고
내 좋은 구두까지 닦아놓은 그에게
무심히 말하면서.
내가 무엇을 알았던가, 내가 무엇을 알았던가,
사랑의 엄격하고 외로운 과업들에 대해서?

Sundays too my father got up early
and put his clothes on in the blueblack cold,
then with cracked hands that ached
from labor in the weekday weather made
banked fires blaze. No one ever thanked him.

I' d wake and hear the cold splintering, breaking.
When the rooms were warm, he' d call,

and slowly I would rise and dress,
fearing the chronic angers of that house,

Speaking indifferently to him,
who had driven out the cold
and polished my good shoes as well.
What did I know, what did I know
of love' s austere and lonely offices?"

도덕적 성취로서의 효부(孝婦)

1

사람이 살아가는 데 가장 중요한 기술은 사람들의 성격을 평가하는 능력이다. 이것은 실은 사람만이 아니라 사회를 이루어 사는 동물들 모두에게 해당되는 얘기다.

어떤 사람의 성격을 평가하는 데서 쓸모가 큰 '주먹구구'는 그가 자신의 부모를 어떻게 대접하는가 살피는 것이다. 효자나 효녀라는 소리를 듣는 사람들은 일단 믿을 만한 사람들이다. 이 '주먹구구'에 대한 예외를 나는 아직까지 보지 못했다. 이런 경험은 생물학적 추론에 의해 떠받쳐진다.

생물적 차원에선, 생식이 모든 유기체들의 궁극적 목표다. 그래서 사람은 누구나 자식을 되도록 많이 낳아서 잘 키우려 애쓴다. 도덕적으로 큰 비난을 받는 사람들도 자식들은 끔찍이 여긴다.

부모를 대할 때는 사정이 달라진다. 부모를 보살피는 것은 일단 자식들에게 쓰일 수 있는 감정적 · 물질적 자원의 전용이다. 그래서 부모를 살피는 본능은 자식을 살피는 본능에 견줄 수 없을 만큼 약하다.

다른 사회적 동물들에선 부모에 대한 보살핌을 볼 수 없다. 종(種)의 차원에서 살필 때, 생식이 끝난 개체는 뜻을 지니지 못한다. "내리사랑은 있어도, 치사랑은 없다"는 옛말은 모든 종들에 해당된다.

| 2 |

다른 동물들에서는 거의 볼 수 없다는 사실이 가리키듯, 효도는 본능적 행동이 아니라 지성의 산물이다. 그것의 생리적 바탕은 우리가 아득한 조상들로부터 물려받은 '파충류 뇌'나 '포유류 뇌'가 아니라 인류만이 지닌 '인간 뇌'다. 바로 그 '인간 뇌'가 우리가 지닌 도덕적 능력의 생리적 바탕이다. 따라서 우리는 효도와 도덕적 능력은 깊은 수준에서 동질적이라고 추론할 수 있다.

효심의 바탕은 부모에 대한 감사와 연민이다. 그리고 다른 사람에 대한 감사와 연민이 바로 도덕적 능력이다. 거기에 효자나 효녀는 믿을 수 있고 사귈 만한 사람이라는 논거가 있다.

그러나 효심의 가장 고귀한 모습은 효부다. 현실적으로, 효자와 효부는 나뉠 수 없다. "효부 없이 효자 없다"는 속담이 가리키듯, 며느리의 효심이 없으면, 어떤 착한 아들도 효자 노릇을 할 수 없다.

| 3 |

며느리의 효심이 고귀한 것은 그것이 아주 부자연스럽다는 사실 때문이다. 먼저, 며느리와 시부모 사이엔 혈연이 없다. 그래서 유전자를 많이 공유한 사람들 사이에 자연적으로 우러나오는 정이 나오지 않는다. 며느리의 자식들을 매개로 해서, 간접적으로 나올 따름이다.

다음엔, 며느리와 시부모 사이의 관계에선 경쟁적 특질이 두드러진다. 위에서 말한 것처럼, 시부모를 모시는 데 드는 자원은, 물질적이든 감정적이든, 모두 며느리의 자식들에 쓰일 수 있다. 특히 문제가 되는 것은 며느리와 시어머니는 가족이라는 사회에서 보다 높은 위계를 놓고 경쟁한다는 사실이다. 그런 경쟁은 원만하게 풀리기 어렵다. 가족 안에서의 위계를 놓고 다투는 경쟁이 마침내 며느리의 승리로 끝나더라도, 한쪽엔 아들이고 다른 쪽엔 남편인 사람의 감정적 자산을 놓고 다투는 일은 평생 이어진다. 고부 사이의 갈등은 보편적 현상이다.

이처럼 효부는 나오기 어렵다. 효부는 사람만이 지닌 여린 도덕적 능력이 모든 생명체들이 공유한 강력한 본능을 이기고 이룬 성취다. 그래서 더욱 고귀하다.

사람들이 점점 오래 살고 주부들의 경제적 권한이 점점 커지면서, 며느리는 가족의 중심적 존재가 되었다. 자연히, 며느리의 태도는 가정의 도덕적 바탕을 결정한다. 이제 효부는 미담의 주제가 아니라 도덕적 능력의 함양이라는 중요한 사회적 의제의 핵심이 되었다.

나무 타기의 비결

| 1 |

“이렇다 할 볼일도 없어서 무료하기도 하려니와 서글퍼질 만큼 쓸쓸한 감회에 사로잡혀, 종일 벼루를 마주하고 가슴에 떠오르는 이런 저런 일들을 두서없이 적어 내려가노라면, 야릇하게도 걷잡을 수 없이 마음이 북받쳐 올라서 미칠 것만 같다.” 이 멋진 문장으로 시작되는 일본의 고전 수필집 〈도연초(徒然草)〉엔 재미있고 유익한 일화들이 여럿 들어 있다. 저자 요시다 켄코오(吉田兼好)는 14세기 전반에 활약한 불승인데, 그가 〈도연초〉를 쓴 것은 쉰이 넘어서였다. 자연히, 그 책엔 세상과 자신을 담담한 눈길로 바라볼 수 있게 된 사람의 날카로우면서도 넉넉한 관찰들이 담겼다.

“쌍륙(雙六) 솜씨가 뛰어났다는 사람에게 그의 이기는 비법을 물었더니, 그가 대답했다, ‘이기려고 마음 먹고 치면, 안 된다. 지지 않겠다고 마음 먹고 말을 써라. 어떻게 하는 것이 지는 수가 되는지 판단한 뒤에, 그 수를 쓰지 말고 한 칸이라도 더 버틸 수 있는 수를 쓰면, 된다.' 이 말은 과연 도리를 아는 사람의 가르침이라 할 만하다. 몸을 닦고 나라를 유지해 나가는 길도 마찬가지다."

한갓 노름꾼의 얘기에서 수신(修身)과 치국(治國)의 요체를 보는 저자의 눈길이 날카롭다. 어려운 처지에 놓인 사람들이 음미할 만한 얘기다. 그는 고승들이 남긴 말들을 기록한 책에서 동감하는 대목들을 옮기기도 했는데, "할까말까 망설여지는 일은 대개의 경우 하지 않는 편이 좋다"는 대목엔 많은 사람들이 동감할 것이다.

2

그런 얘기들 가운데 내게 가장 또렷한 인상을 남긴 것은 나무 타기에 관한 일화다.

"나무 잘 타기로 이름난 사람이라고 일컬어지는 사람이 다른 사람으로 하여금 높은 나무에 올라 가지 끝을 자르게 했다. 그는 매우 위험하다고 여겨질 동안은 아무런 말도 하지 않고 있다가, 일이 다 끝나서 그 사람이 내려올 때, 이미 지붕 높이만큼이나 내려오는 것을 보고서야, '잘못 디디지 말고, 주의해서 내려오시오' 하고 일렀다. 그 사람이 물었다, '이만큼 내려왔으면, 뛰어내려도 될 텐데, 왜 이제서야 그런 주의를 주십니까?' 그러자 나무 잘 타는 사람이 대답했다, '바로 그것입니다. 눈이 아찔해지고 가지가 휘청거릴 때는, 누구나 스스로 주의하니까, 말할 필요가 없지요. 실수란 아무것도 아니라고 여길 때 으레 일어나게 마련이거든요."

그 나무 잘 타는 사람이 한 얘기는 그 동안 내게 여러 번 실제적 도움을 주었다. 그의 조언을 떠올리고, 마지막 순간에 숨을 고르면서 일을 조심스럽게 마무리한 적이 한두 번이 아니다.

산에 오를 때, 정상 바로 아래서 숨을 돌리는 버릇도 그의 조언을 내 나름으로 응용한 것이다. 저만큼 정상이 보이면, 숨이 가쁘더라도, 내쳐 정상에 올라 쉬고 싶은 마음이 들게 마련이다. 그럴 때, 나는 그런 충동을 지긋이 누르고서 멈춰 선다. 그리고 정상을 올려다보면서 숨을 돌린다. 몸에 무리가 가지 않을 뿐더러, 그렇게 정상을 올려다볼 때 느끼게 되는 묘한 여유가 나는 좋다.

| 3 |

나무 잘 타는 사람의 조언은 어느 경우에나 적용되지만, 지금처럼 세상이 어지러울 때엔 때로 큰 도움이 된다. 삶이 워낙 어렵다 보니, 모두 조급할 수밖에 없고 일을 빠르고 쉽게 마무리하려는 충동을 품게 된다. 자연히, 판단이 흐려져서 실수를 자주 하게 되고, 필요한 절차를 생략해서 사고를 많이 내게 된다. 마음이 조급해질 때, 중세 일본의 어느 나무 잘 탔던 사람이 한 얘기를 떠올리며 숨을 가다듬는 것은 작지 않은 도움이 될 것이다.

21세기에서 가장 중요한 기술

1

언어가 중요하다는 것은 모두 잘 안다. 그러나 언어는 흔히 인식되는 것보다 훨씬 중요하다. 언어가 정보 전달의 가장 중요한 수단이기 때문이다.

생명의 본질은 정보 처리다. 우리 몸은 우리의 유전자들에 담긴 정보들에 따라 생성되고 유지된다. 유전자 부호 체계는 DNA로 이루어진 네 개의 알파벳 C(cytosine), G(guanine), A(adenine), T(thymine)를 쓰는 언어다. 이들 알파벳 셋이 모이면, 특정 아미노산을 뜻하고 아미노산들이 결합되어 단백질을 이룬다. 이 유전자 부호 체계는, 박테리아에서 사람에 이르기까지, 모든 생명체들에게 공통된 언어다. 수십억 년 동안 다듬어진 터라, 이 언어는 더할 나위 없이 간편하면서도 다능하고 정확하다. 덕분에 우리 몸은 상상하기가 쉽지 않을 만큼 복잡하지만, 대부분은 큰 결함 없이 만들어지고 별다른 정비 없이도 몇 십 년 동안 건강을 유지한다.

| 2 |

태어나면, 우리는 먼저 신호 언어(sign language)를 배운다. 말을 제대로 배우기 휠씬 전에 아기들은 손으로 의사를 잘 전달한다. 실은 인류의 언어는 원래 손을 이용한 신호 언어였고 목청을 이용한 음성 언어(spoken language)는 훨씬 뒤에 나왔다. 전화를 할 때처럼, 상대가 보지 못하는 상황에서도, 우리는 말할 때 자연스럽게 손짓을 하고, 손짓을 하지 못하게 되면, 말이 잘 나오지 않는 것은 바로 그런 사정 때문이다. 물론 문자 언어(written language)는 겨우 몇 천 년 전에 나왔다. 말하기보다 쓰기가 훨씬 어려운 것은 상당 부분 그런 사정에서 나온다.

이어 우리는 첫 언어인 모국어를 배운다. 언어는 한번 배우면 바꾸기 어려우므로, 대부분의 사람들에게 모국어는 결정적 중요성을 지닌다. 그래서 한국 사람들에게 모국어인 한국어는 더할 나위 없이 중요하다. 물론 이 세상엔 많은 언어들이 있고 우리는 그런 외국어들 가운데 몇을 배운다.

우리가 일상적으로 언어로 여기지 않는 언어들 가운데 두드러진 것은 수학이다. 수학은 숫자를 쓰는 언어이며, 모두 잘 아는 것처럼, 말로 나타낼 수 없는 것들을 잘 나타낸다. 덕분에 인류는 발전된 문명을 이루었다.

| 3 |

과학이 지금 이룬 수준에서, 우리는 DNA 알파벳으로 쓰여진 유전자 부호를 그저 읽을 수 있을 따름이다. 따라서, 그것을 연구하는 생물학자들을 빼놓고는, 개인들이 그것을 배워서 쓸 경우는 거의 없다. 신호 언어는 모두 유창하게 쓴다. 모국어를 보다 잘 쓸 수 있도록 우리가

한국어를 공부하는 것은 훌륭한 투자지만, 그렇게 가외의 노력을 하지 않아도, 우리는 대체로 한국어를 잘 쓴다. 그리고 어떤 외국어의 학습은 그것을 많이 쓰는 일들에 종사하는 사람들에게 중요하다. 유일한 예외는 세계 표준 언어인 영어다.

수학을 잘 하는 능력은 가치가 아주 큰 기술이다. 수학자들은 수학의 아름다움에 이끌리고 아름답지 않은 수학 이론은 결코 옳을 수가 없다고 믿는다. 그런 사실은 수학을 공부하는 것은 큰 즐거움임을 말해준다. 수학이 지닌 실용적 가치는 말할 필요가 없을 만큼 분명하다. 특히 지적 작업에는 필수적이어서, 수학으로 의사 소통을 잘 하지 못하는 지식인들은 자신의 잠재적 능력을 제대로 펼칠 수 없다.

| 4 |

이처럼 우리는 언어를 통해서 이 세상에 나타났고 여러 언어들을 쓰면서 살아간다. 그리고 특별히 언어를 배우는 데 투자하지 않아도, 그럭저럭 살아갈 수 있다. 예외는 영어와 수학이다. 그러나 대부분의 사람들은 기본적 수학 지식만 지녀도 큰 불편 없이 살아갈 수 있다. 갖가지 계산기들의 보급은 사정을 한결 더 낫게 만들었다. 영어는 다르다.

영어는 이미 오래 전에 세계의 표준 언어가 되었다. 그리고 세계화는 영어의 중요성을 날로 높인다. 따라서 영어를 잘 쓰는 능력은 21세기의 가장 중요한 기술이다. 이것은 단 한 사람의 예외도 없이 모두에게 적용된다. 영어 기술이 없는 사람은, 그가 종사하는 분야가 무엇이든, 국적과 나이와 성별을 가릴 것 없이, 자신의 잠재적 능력과 선택의 폭이 크게 제약받고 갈수록 더욱 그러할 것이다.

우리 사회에선 "영어는 외국인들을 상대하는 사람들만 배우면 된다"는 얘기가 흔히 들린다. 이것은 도덕적으로 혐오스럽고 실질적으로 해로운 얘기다.

외국인들과 상대하는 직업들과 직장들은 내국인들만을 상대하는 직업들과 직장들보다 대개 낫다. 보수도, 직업의 만족도도, 사회적 평가도, 전망도 모두 낫다. 자연히, 영어를 잘 하는 사람들이 그렇게 좋은 직업들과 직장들을 얻을 것이다. 직업과 직장은 무작위적으로 결정되는 것이 아니다. 외국인들을 상대하는 사람들만 영어를 배우면 된다고 주장하는 사람들 가운데 자신의 자식들이 영어를 제대로 하지 못해서 그렇게 좋은 직업들과 직장들로부터 원천적으로 배제되는 것을 바라는 이는 없을 것이고 실제로 자식들에게 그런 얘기를 하는 이도 없을 것이다.

| 5 |

영어를 배우는 일에서 우리가 주목해야 할 점은 영어 기술의 주된 용도가, 통념과는 달리, 외국인들과의 교섭이 아니라는 사실이다. 영어가 흔히 외국인들과의 교섭에서 쓰이는 것은 분명하지만, 영어 기술의 근본적 중요성은 영어로 저장된 정보들에 대한 접근에 있다. 지금 중요한 정보들은 모두 영어로 저장된다. 영어로 저장되지 않은 정보는 세계 무대에서 실질적으로 존재하지 않는다는 진술은 조금도 과장이 아니다. 따라서 영어 기술이 없으면, 애초에 중요한 정보에 접근할 수가 없다.

그렇다고 번역이 실제적인 것도 아니다. 영어로 된 방대한 정보들 가운데 한국어로 번역되는 것은 아주 작은 부분에 지나지 않는다. 실

시간으로 처리되어야 하는 정보들은 아예 번역이 불가능하다. 증권 시장에선 사람에 의한 자료 입력이 시간이 너무 걸려서 아예 컴퓨터가 스스로 거래를 체결한다는 사정을 생각하면, 번역이 대안이라는 주장이 얼마나 무책임한 얘기인가 드러난다.

최소한의 판단력을 갖춘 사람이라면, 영어 기술의 부족 때문에 자신이나 자식들이 그렇게 불리한 처지에 놓이도록 하지는 않을 것이다. 자신에게나 자식들에게나 남들에게나 가장 좋은 충고는 영어를 유창하고 우아하게 쓸 수 있도록 투자하라는 얘기일 것이다.

여학생들에게 가르쳐야 할 지식

| 1 |

어느 사회에서나 여성들은 남성들보다 보수를 적게 받는다. 자유롭고 발전되어서, 성적 차별이 거의 없어진 서 유럽과 북 아메리카의 여러 사회들에서도 그렇다.

이런 '성적 보수 격차(gender pay gap)'는 정의롭지 못할 뿐 아니라 여러 사회적 문제들을 낳는다. 물론 대부분의 사회들은 이 문제를 풀고자 애쓴다. 그러나 들인 노력에 견주면, 결과는 그리 신통치 못하다.

이 문제를 낳은 원인들 가운데 이내 눈에 뜨이는 것은, 똑같은 일을 하는데도, 여성들이 남성들보다 보수를 덜 받는 관행이다. 그러나 이것은 눈에 잘 뜨이고, 부도덕하고, 법에 어긋나므로, 바로잡기가 비교적 쉽고 멀지 않은 장래에 실제로 사라질 것이다.

바로잡기 훨씬 어려운 것은 여성들이 대체로 보수가 적은 직업들을 고른다는 사실이다. 여성들은 흔히 사회 경력을 시작하면서 잘못된 선택들을 한다. 아이들을 낳은 뒤에는 정규직들에서 밀려나 전망이 밝지 못한 파트타임 일자리들을 얻게 되는 경우가 흔하다. 그래서 평생 소득이 크게 줄어든다.

'성적 보수 격차' 에서 가장 심각한 부분은 '일하는 어머니' 의 문제다. 출산과 육아가 워낙 힘든 일이고, 현실적으로 육아에서 아버지가 거들 수 있는 부분이 제약되어서, 어머니가 출산과 육아를 실질적으로 도맡게 되므로, 직장을 가진 여성의 처지는 늘 절박할 수밖에 없다. 자연히, 이 문제는 개인들이나 기업들의 차원에서 대처하기 어렵다. 이 문제는 우리가 사회를 조직하는 방식에서 상당한 조정을 한 뒤에야 누그러질 터이고, 그런 조정은 사회적 차원의 의식적 노력과 투자를 통해야 비로소 이루어질 수 있다.

¦ 2 ¦

그러나 '성적 보수 격차' 에는 개인들이 효과적으로 대응할 수 있는 부분이 있다. 많은 여자들이 보수가 적은 직업들을 고르는 데서 큰 몫을 하는 것은 그들이 그런 선택을 하도록 유도되었다는 점이다.

지난 달 영국의 "여성과 직업 위원회 (Women and Work Commission)"는 일터에서 여성이 남성보다 낮은 대우를 받는 까닭에 관한 보고서를 펴냈다. 그 보고서는 학생들에게 제공되는 진로 상담과 실습이 근본적으로 여학생들에게 불리하게 되었다는 점을 중요한 문제로 거론했다. 수학과 과학을 포기하려는 여학생들은 흔히, 그런 포기가 앞날의 직업과 소득에 미칠 부정적 영향에 관해서 아무런 얘기를 듣지 못한 채, 포기하도록 허용되었다. 그들은 실습 기회에서도, 본인들의 희망과 관계 없이, 주로 유치원이나 미용실이 제공되었다. 그리고 진로 상담을 맡은 교사들은 여러 직업들의 보수 수준에 관한 자료조차 여학생들에게 제공하지 않았다. 이런 상황에서 여학생들이 합리적 선택을 하리라 기대하기는 어렵다. 우리 사회의 사정도 비슷할 것이다.

따라서 학습 과목들을 잘 선택하도록 하고, 진로 상담에서 충분한 자료들을 제공해서 합리적 판단을 하도록 하고, 실습의 폭을 넓히는 것은 여학생들의 앞날에 큰 도움이 될 것이다. 여기서 결정적 중요성을 지닌 것은 여학생들이 수학과 과학을 공부하도록 격려하는 일이다. 수학과 과학은 물론 중요하고 다른 학문들의 기본이기도 하다. 그래서 수학과 과학에 관한 기초 지식이 없으면, 높은 보수를 받는 직업들의 대다수를 아예 넘볼 수 없게 된다.

현대 문명이 본질적으로 수학과 과학에 바탕을 두었으므로, 수학과 과학의 중요성은 날로 커진다. 그래서 '지식 노동자'로 분류되는 사람들의 비중이 점점 커진다. 반면에, 수학과 과학 지식을 직접 쓰지 않는 일자리들에 종사하는 사람들도 수학과 과학에 대한 무지로 입는 갖가지 무형적 손실은 점점 늘어난다.

3

직업과 보수를 떠나서, 수학과 과학에 대한 무지는 삶의 질을 낮춘다. 갈릴레오가 일찍이 설파한 것처럼, "자연의 책은 수학적 부호들로 쓰여진다." 그래서 수학과 과학에 대한 기초 지식은 우리가 우주와 세상을 제대로 이해하는 데 필수적이다. 과학자들이 밝혀낸 우주와 세상의 이치를 아는 것은 가장 인간적인 즐거움이다. 오직 사람만이 그런 즐거움을 누릴 수 있다. 다른 즐거움들을 우리는 다른 동물들과 공유한다. 그래서 수학과 과학을 모르는 사람들은 가장 인간적인 즐거움을 모르고 사는 셈이다. 과학 덕분에 우리가 순간순간 엿보는 우주의 속살보다 더 매혹적인 것을 나는 알지 못한다.

보다 실용적 차원에서, 과학 지식은 판별력을 키워준다. 그래서 과학과 미신을 판별하도록 만들고 '돌팔이' 들에게 속을 위험을 크게 줄여준다. 우리 사회에서 돌팔이들이 제기하는 위험은, 개인적 차원이든 사회적 차원이든, 건강에서든 정치에서든, 보기보다 훨씬 크다.

장기적으로, 수학과 과학을 제대로 배우지 못한 여학생들은 자기 자식들이 수학과 과학으로부터 멀어지도록 할 가능성이 높다. 그들은 자식들이 수학과 과학에 흥미를 느낄 만한 환경을 만들어주는 길을 알지 못한다. 아마도 그들의 자식들은 어머니의 태도에서 수학과 과학이 어렵고 딱딱한 것이라는 선입견을 얻을 가능성이 높다. 근자에 나온 연구는 이런 차이가 상당히 중요함을 보여주었다.

부모들과 교사들은 학생들이 수학과 과학에 대해 흥미를 지니도록 적극적으로 유도해야 한다. 특히 여학생들을 그렇게 지도해야 한다. 이것은 별다른 자원이 들지 않으면서도 두루 좋은 영향을 미치는 개선책이다.

우리 몸에 관한 지식

1

사람의 머리는 무겁다. 짐승 새끼들은 태어나자마자 머리를 자유롭게 쓰는데 사람의 아기는 머리를 가누는 데도 여러 달이 걸릴 만큼. 그렇게 머리가 무거운 것은 물론 그 속에 든 뇌가 크기 때문이다. 사람의 뇌는 몸집이 비슷한 다른 유인원들보다 세 배 가량 크다. 원래 유인원들은 가장 가까운 종들인 원숭이들보다 뇌가 세 배 가량 크니, 사람은 비슷한 몸집의 원숭이들보다 뇌가 아홉 배 가량 큰 셈이다.

사람의 뇌는 분명히 생존에 필요한 수준보다 훨씬 크다. 흄의 철학과 베토벤의 교향곡과 아인슈타인의 상대성 이론을 생각해낸 뇌는 분명히 일상 생활에 필요한 수준보다 훨씬 크고 복잡하다. 그렇게 큰 뇌는 당연히 생존에 짐이 될 터이다. 필요 이상으로 큰 뇌를 만들고 유지하는 데 드는 자원을 다른 기관들에 쓰는 편이 훨씬 합리적이다. 게다가 머리가 워낙 크므로, 사람은 태어나기가 아주 힘들다. 현대 의술이 나오기 전에는 출산 과정에서 죽은 산모들이 얼마나 많았던가. 사정이 그러한 데도, 사람이 진화하면서 점점 큰 뇌를 갖게 된 사정은 아직

풀리지 않은 수수께끼다.

2

뇌는 정보 처리를 하는 기관이므로, 사람의 유난히 큰 뇌는 당연히 많은 정보들을 처리하게 되어있다. 그래서 마른 스펀지처럼 사람의 뇌는 정보들을 받아들이고, 사람은 호기심이 아주 크다. 옆 사람들이 소곤대면, 누구나 무슨 얘기인지 알고 싶어서 안달한다. 아이들이 무슨 설명을 듣고 "그건 왜 그래?" 하고 끝없이 물어대는 것에 질리지 않은 부모가 이 세상에 있었을까?

자연히, 우리는 엄청난 양의 지식을 지녔다. '지식인' 이라 불리는 사람들과 보통 사람들이 지닌 지식의 양은 차이가 거의 없다. 뇌를 채운 지식의 성격이 좀 다를 따름이다. 거칠게 말하면, 지식인들의 지식들은 연결이 잘 되었고, 즉 체계를 갖추었고, 보통 사람들의 지식들은 덜 체계적이다. 지식들이 연결되면, 보다 높은 차원의 질서가 생기므로, 자신의 지식들을 체계화하는 일은 당연히 중요하다.

우리가 특히 소중히 여기는 지식들은 건강에 관한 것들이다. 어느 자리에서나 건강에 관한 지식은 단연 관심을 끈다. 찬찬히 생각해보면, 우리가 지닌 건강에 관한 지식들은 무척 많다. 그러나 그 지식들이 체계화된 경우는 드물어서, 정작 건강에 제대로 도움을 주지 못한다. 무슨 기준에 맞추어 거르지 않고 "건강에 좋다"는 얘기를 그냥 받아들이다 보니, 잘못된 지식들을 많이 지니게 되어, 건강을 해치는 일도 드물지 않다.

| 3 |

건강에 관한 그른 지식들을 버리고 단편적 지식들을 체계화하려면, 먼저 우리 몸에 대한 체계화된 지식이 있어야 한다. 그 바탕 위에 건강에 관한 지식들이 체계적으로 쌓일 수 있다. 그러나 보통 사람들이 우리 몸에 관한 체계적 지식을 얻기는 힘들다. 그런 상황에서 도움이 되는 것은 우리 몸이 최초의 생명체로부터 35억 년이 넘는 세월 동안 진화해왔다는 사실을 늘 떠올리는 것이다. 우리 몸은 그 긴 세월 동안 환경에 적응해왔고 거기서 얻어진 지식들을 담고 있다. 물고기들의 지느러미는 물의 물리적 특성에 관한 지식을 담았고, 육상 생물들의 발은 땅의 물리적 특성에 관한 지식을 담았다.

그래서 우리 몸이 긴 세월 동안 진화해왔다는 사실을 고려해야, 우리는 비로소 자신의 몸을 이해할 수 있다. 진화론의 관점에서 살피기 전까지는, 생물학 지식들은 그저 흩어진 사실들에 지나지 않는다. 현대 진화론의 발전에 중요한 공헌을 한 미국 생물학자 도브잔스키(Theodosius Dobzhansky)가 지적한 대로, "진화에 비추어 보지 않으면, 생물학의 어떤 것도 조리가 닿지 않는다. (Nothing in biology makes sense except in the light of evolution.)"

이런 사정은 널리 알려진 비만의 문제에서 잘 드러난다. 열 몇 해 전만 하더라도, 비만이 왜 그리도 고치기 어려운가 잘 알려지지 않았었다. 진화론의 관점에서 살핀 뒤에야, 비로소 비만의 본질에 관한 통찰이 얻어져서 비만을 올바로 고칠 수 있는 길이 열렸다.

우리 몸은 양식이 적은 환경에서 다듬어졌다. 우리 조상들에겐 양식이 많은 시기와 굶주린 시기가 교차되었다. 따라서 우리 몸이 남는 양식을 지방 세포의 형태로 몸 안에 저장해서 굶주릴 시기에 대비하는 것은 멋진 전략이었다. 지금 우리는 양식이 풍부한 환경에서 산다.

그러나 우리 몸은 그 사실을 깨닫지 못하고 여전히 남는 양식을 부지런히 지방 세포들로 바꾼다. 우리가 몸집을 줄이려고 절식하면, 우리 몸은 줄어든 음식 섭취를 굶주림의 시기가 온 것으로 인식하고 신진대사를 줄인다. 그래서 우리는 활기를 잃고 몸집은 생각보다 덜 줄어든다. 우리가 다시 정상적 식사를 하면, 우리 몸은 다시 지방 세포를 만들어서 양식이 부족할 시기에 대비한다. 비만을 고치기가 무척 힘든 것이 당연하다. 앞으로 상당한 세월이 흐르면, 사람의 몸은 양식이 풍족한 환경에 적응할 터이고, 비만의 문제도 점점 줄어들 것이다.

사람들이 골프에 열광하는 까닭도 진화론의 관점에서 살피면 어렵지 않게 짐작할 수 있다. 사람과 침팬지가 공통된 조상에서 갈려 나온 것은 대략 5백만 년에서 7백만 년 전이었다. 그때 사람이 산 곳은 동아프리카의 건조한 초원이었고 거기서 사람이 나와서 온 세계에 퍼진 것은 채 십만 년이 되지 않았다. 따라서 사람의 몸은 몇 백만 년 동안 건조한 초원에서 다듬어진 셈이다. 현대 사회에서 그런 환경에 가장 가까운 곳은 골프장이다.

4

이처럼 진화론에 관한 이해는 우리가 지닌 방대한 양의 건강에 관한 지식들을 체계화하고 건강에 관해서 합리적으로 판단하는 데 큰 도움이 된다. 실은 우리 마음을 이해해서 합리적으로 처신하는 데도 진화론은 필수적이다. 우리 마음이 사내들은 사냥하고 여인들은 채취하던 시절에 다듬어졌다는 사실과 지금 우리는 그때와는 전혀 다른 환경에서 산다는 사실을 고려하면, 우리가 자주 마음이 혼란스러운 까닭을 알 수 있다. 대부분의 종들에선 수컷들의 몸이 화려한 데 사람은 여자들이 화장을 한다는 사실과 다른 회사에 다니는 친구들보다 봉급이 훨씬 작아도 크게 마음을 쓰지 않지만 입사 동기생이 자신보다 한 호봉 높은 것은 받아들이기 힘들다는 사실과 음식점 간판들에서 '이모집' 은 많아도 '고모집' 은 드물다는 사실을 아울러 설명할 수 있는 이론이 진화론이다.

안타깝게도, 진화론은 쉬운 이론이 아니다. 진화론에 반대하는 목소리들이 여전히 높다는 사실이 그 점을 일깨워준다. 다행히, 근년에 좋은 소개서들이 나와서 생물학과 관련이 없는 사람들도 지적 흥미와 실질적 이득을 함께 누릴 수 있게 되었다. 나로선 두 권을 추천하고 싶다: 진화론의 이론적 구조를 알려는 분들에겐 도킨스(Richard Dawkins)의 고전 〈이기적 유전자(The Selfish Gene)〉를, 그리고 우리 몸에 관한 진화적 지식을 얻으려는 분들에겐 매트 리들리(Matt Ridley)의 〈지놈(Genome)〉을.

자신을 달래는 지혜

1

사람은 기계다. 자세히 말하면, 사람은 유전자들이 자신들의 생존과 전파를 위해서 만들어낸 기계다. 이 얘기는 물론 모든 종들의 유기체들에 적용된다. 그래서 리처드 도킨스(Richard Dawkins)는 유기체들을 유전자들의 '생존 기계(survival machine)'라 불렀다.

그러나 사람과 같은 유기체들은 보통 기계들과 근본적으로 다르다. 보통 기계들은 부품들이 만들어지고 조립된 내력이 그리 중요하지 않다. 설계대로 만들어졌으면, 된다. 그래서 보통 기계들에겐 시간적 차원은 거의 뜻이 없다.

반면에, 유기체들은 유전자들에 담긴 정보들이 발현해서 발생하므로, 아주 엄격한 순서와 기간에 맞추어 형성된다. 게다가 유전자들의 발현은 환경과의 작용을 통해서 이루어진다. 자연히, 유기체들에겐 시간적 차원이 결정적으로 중요하다.

| 2 |

사정이 그러하므로, 우리는 "역사를 지닌 기계"들이다. 보통 기계들을 쓰는 데는 특정 기계의 내력에 대한 지식이 별로 필요하지 않지만, 유기체들이 움직이는 데는 특정 개체의 내력이 아주 중요하다.

당연히, 형성 과정의 초기가 후기보다 훨씬 중요하다. 사람의 운명은 어머니의 뱃속에서 큰 틀이 결정된다. 태아에게 좋은 환경을 마련해주는 일이 중요한 것은 바로 그런 사정 때문이고, '태교'는 그런 깨달음에서 나온 지혜다.

같은 이치로, 막 태어났을 때가 뒤의 기간보다 훨씬 중요하다. 사람의 몸과 마음에 관한 중요한 결정들은 막 태어났을 때 이루어진다.

이 세상에서 살아가기 위해서 고르는 전략은 모든 종들이 똑같다. 유기체에게 필요한 기본적 지식은 유전자들에 담긴다. 그러나 개체마다 태어나서 적응해야 할 환경이 다르므로, 환경에 관한 지식은 유전자들에 담길 수 없고 학습을 통해서 얻어야 한다. 환경에 대한 지식이 얻어지면, 개체는 그 지식에 바탕을 두고 중요한 결정들을 내린다. 그런 결정들에 따라 그 개체의 육체적, 심리적 특질들이 확정된다.

그런 결정들은 아주 일찍 내려지고, 한번 내려지면, 나중에 바꾸기 어렵다. 그래서 우리 운명은 출생 바로 뒤에 결정되는 셈이다.

| 3 |

이런 결론은 여러 가지 증거들에 의해 떠받쳐진다. 최근에 나온 증거는 쥐를 이용한 실험의 결과인데, 무척 시사적이다.

어미가 핥아주고 털을 빗어준 새끼 쥐들은 어미가 돌보지 않은 새끼 쥐들보다 훨씬 겁이 적고 적응이 잘 된 성체로 자란다. 이런 차이는 학습의 결과다. 어미로부터 보살핌을 잘 받으면, 새끼 쥐는 자신이 안전한 환경에 태어났다는 것을 배우고 자신 있게 행동하고 사교적이 되겠다고 결정한다. 어미로부터 보살핌을 제대로 받지 못하면, 새끼 쥐는 자신이 위험하고 거친 환경에 태어났다는 것을 배우고, 늘 두려워하며 의심하는 태도가 생존에 유리하다고 판단한다.

새끼 쥐들의 학습은 관련된 유전자들의 발현에 영향을 미침으로써 이루어진다. 보살핌을 받은 새끼 쥐의 유전자들과 그렇지 못한 새끼 쥐들의 유전자들은 화학적으로 조금 달라진다. 놀라운 것은 이런 '후성적 각인(epigenetic imprinting)' 이 태어난 첫 주에 이루어진다는 사실이다. 그런 각인의 효과는 안정적이고 평생 지속된다.

사람도 이런 학습을 할 가능성은 아주 높다. 일반적으로, 우리는 부모의 보살핌을 잘 받은 사람들이 그렇지 못한 사람들보다 자신 있고 사교적인 것을 흔히 본다.

| 4 |

따라서 '역사를 지닌 기계' 들인 우리에겐 자신의 내력을 아는 것이 중요하다. 그래야 우리는 자신의 몸과 마음을 달래서 보다 합리적으로 행동하도록 할 수 있다. 우리는 우리 삶의 초기에 배운 지식을 뒤에 안 배울(unlearn) 수는 없다. 위의 경우처럼, 유전자 수준에서 학습의 효과가 새겨지는 경우도 많을 터이다. 그러나 우리가 초기에 배운 것이 무엇인지 알게 되면, 그런 학습의 부정적 효과를 조금은 줄일 수 있을 것이다.

태어나서 부모의 보살핌을 받지 못한 사람이 유복한 사람만큼 자신감을 지니고 남들을 믿고 사교적으로 행동하기는 쉽지 않을 것이다.

그러나 자신을 그렇게 만든 과정을 이해하게 되면, 그는 자신을 달래서 조금은 밝은 마음으로 세상을 대할 수 있을 것이다.

우리가 자신도 모르는 새 배워서 결정하는 것들이 워낙 많으므로, 유복한 사람들도 자신이 보다 현명하게 행동하도록 자신을 달래면서 살아가야 한다. 그런 지식은 당연히 혜택이 크다. 그 혜택이 자신에서 그치는 것도 아니다. 위의 실험에서, 어미로부터 보살핌을 받아 잘 자라난 쥐는 자기 새끼들도 잘 보살핀다는 것이 드러났다. 사람들도 그러하다는 것을 우리는 일상적으로 본다.

우리 몸과 마음에 관한 과학적 지식이 늘어나면서, "그대 자신을 알라"는 옛 말씀은 뜻이 점점 깊어진다.

경(經)과 권(權)

1

분노는 통제하기가 유난히 힘들다. 분노는 개체가 자신의 몸이나 재산이나 권리가 부당하게 침해받았다고 느낄 때 나온다. 부당하게 잃은 것을 되찾으려는 행동을 유발하는 장치이므로, 분노는 당연히 폭발적으로 나와서, 개체로서는 분노를 제대로 통제할 겨를이 없다.

분노는 남성에게서 두드러진다. 동물의 모든 종(種)들에서 그렇다. 배우자 후보를 놓고 서로 다투는 과정에서 분노가 가장 쓸모가 크고 실제로 가장 두드러지게 나온다는 사정과 관계가 깊을 것이다.

얼마 전에 발표된 진화심리학 실험의 결과에서 이 점이 또렷이 드러났다. 사람의 남성들은 여성들에 비해 다른 사람들의 감정에 훨씬 무디지만, 다른 남성들의 분노에 대해서만은 아주 민감하다. 성과 문화를 가리지 않고, 사람들은 분노, 혐오, 두려움, 기쁨, 슬픔 또는 놀람과 같은 감정들을 이내 인식했다. 이것은 표정에서 감정을 읽어내는 능력이 내재적이며 후천적 학습을 통해서 배우는 것이 아님을 가리킨다. 여러 감정들 가운데 여성들이나 남성들이나 분노를 가장 빨리 인식했다. 다른 개체들의 분노를 빨리 인식하는 능력이 생존에 크게 도움이 된다는 점을 생각하면, 당연한 일이다. 그리고 분노는 여성의 얼굴에 나왔을 때보다 남성의 얼굴에 나왔을 때 더욱 빨리 인식되었다. 우리 모두가 잘 아는 것처럼, 노기에 찬 남성 얼굴보다 더 두려운 것은 없다. 특히 다른 남성들에게. 살인들의 대부분은 남성들이 다른 남성들을 죽이는 것이다.

| 2 |

분노가 폭발적이므로, 현대인들의 일상에서 그것은 거의 언제나 '과도한 반응(overreaction)' 이 되게 마련이다. 현대 사회에서 폭력은 공권력이 독점하고, 개인들의 물리적 폭력은 금지된다. 따라서 심리적으로 폭력적 반응이 정당화되는 상황에서도, 폭력을 통한 분노의 해소는 사회적으로 정당화되지 않는다.

이런 상황은 참으로 괴롭다. 개인의 몸과 마음은 분노에 따른 폭력적 행동을 준비하는데, 그런 자연스러운 반응은 이미 현대 사회에선 적응적(adaptive)이지 못하다. "분노는 잠깐 동안 미치는 것이다"라는 로마 시인 호라티우스(Quintus Horatius Flaccus)의 시구는 이런 곤혹스러움을 잘 표현했다. 오랜 진화 과정을 통해서 생존에 도움이 되도록 다듬어진 반응이 문명 사회에선 비적응적이 되어 '미친 짓' 과 다를 바 없게 된 것이다.

| 3 |

요즈음 우리 사회의 우파 지식인들 사이에서 노기 어린 목소리들이 자주 나온다. 논쟁의 초점은 우파 지식인들의 정체성이다.

객관적으로 살피면, 논쟁의 당사자들 사이에 존재하는 차이들은 작고 중요하지도 않다. 실제로 지금 우리 우파 지식인들은 아주 동질적인 믿음들과 견해들을 지녀서 신조에서의 편차는 무시해도 좋을 만큼 작다. 우파 지식인들은 모두 대한민국에 대한 충성심이 깊고 대한민국의 구성 원리에 대한 믿음이 확고하다. 법의 지배, 자유민주주의, 자본주의 그리고 시장경제에 대해 회의적인 사람이 없다. 그리고 지금까지 우리 사회가 이룬 것들에 대해서 큰 자부심을 지녔고, 대한민국의 구성 원리에 맞는 정책들을 펴면, 앞으로도 번영하리라 믿는다. 나아가서, 지금 대한민국의 불안정과 북한 주민의 비참함이 함께 북한 정권에서 비롯했다고 판단하며 그런 판단에 맞는 안보 정책을 추구해야 한다고 주장한다. 그리고 현 정권이 그저 통치에서 서툰 것이 아니라 대한민국의 구성 원리에 어긋나는 이념과 정책들을 추구한다고 생각하며, 그래서 다음 대통령 선거에서 이기는 것이 더할 나위 없이 중요하다고 여긴다. 이처럼 생각이 근본적 수준에서 같은데, 어떻게 크고 중요한 차이가 있을 수 있겠는가?

물론 차이의 객관적 사소함이 당사자들에게 차이를 사소한 일로 만들지는 않는다. 사람의 천성이 그러하므로, 사람은 늘 남들과 공유하는 특질보다는 자신의 독특한 특질에 마음을 훨씬 많이 쓰고 그런 독특성에 바탕을 두고 자신의 정체성을 설정한다. 사정이 그러하므로, 대동소이(大同小異)에서 '대동'은 잊혀지고 '소이'는 부각된다.

따라서 우파 지식인들이 사소한 사안을 놓고 거센 논쟁을 벌이는 것이 부자연스러운 것도 아니고, 그런 논쟁들을 그저 누르는 것이 바람직한 것도 아니다. 그러나 그런 논쟁들이 통제하기 어려운 정도로 확대되어 협력하기 어려운 사이가 되는 사태는 막아야 한다. 지금 우리가 집권한 세력과 맞서 힘든 처지에서 일한다는 사실을 누구도 잊을 수 없다.

4

당연히, 우파 지식인들 사이의 논쟁들을 건전하게 만드는 일은 시급하다. 그렇게 하려면, 우리는 몇 가지 점들을 지켜야 할 것이다.

먼저, 우리는 결정적으로 중요한 싸움에서 한편이라는 사실을 잊지 말아야 한다. 때로 논쟁의 상대방에게 참을 수 없는 분노와 짜증이 일더라도, 그들이 같은 편이고 그들과 심각하게 다투는 것은 진정한 적을 돕는 일임을 자신에게 일러야 한다.

다음엔, 우리는 모두 사회적 믿음과 정책적 견해에서 아주 동질적이라는 점을 잊지 말아야 한다. 때로 차이가 부각되더라도, 그것이 크지도 중요하지도 않다는 사실을 자신에게 일러서 지엽적 문제가 근본을 흔드는 일이 없도록 해야 한다.

셋째, 우리는 논쟁을 믿음과 견해라는 비인격적(impersonal) 차원에서 진행해야 한다. 논쟁이 개인들의 행적이라는 인격적(personal) 차원에서 진행되면, 어쩔 수 없이 논쟁이 거칠어지고 당사자들 사이의 감정적 골은 깊어진다.

중요한 것은 믿음과 견해지 과거의 행적과 현재의 정치적 입지가 아니다. 이 점과 관련하여 우리에게 깨우침을 줄 수 있는 것은 당(唐)의 고승 위산 스님의 말씀이다. 그의 제자 앙산(仰山) 스님이 행실에 대해 묻자, 위산은 "자네 눈 바른 것만 귀하게 여길 따름, 자네 행실은 보려 하지 않네(只貴子眼正 不貴汝行履處)"라고 대답했다. 믿음과 견해가 올바르다면, 행적과 입지에서의 사소한 차이들은 큰 장애가 될 수 없고 거기서 나오는 의견의 편차는 우호적 분위기 속에서 논의를 통해 좁혀질 수 있을 터이다.

넷째, 논쟁에선 되도록 표현을 부드럽게 하려고 애써야 한다. 논쟁에서 사람들의 마음을 상하게 하는 것은 흔히 내용보다 표현이다. 체스터필드 백작(Earl of Chesterfield)이 말한 대로, "상처는 모욕보다 훨씬 빨리 잊혀진다.(An injury is much sooner forgotten than an insult.)" 화가 났을 때 나오는 대로 쏘아붙이는 대신 화를 삭이고 나서 보다 부드러운 표현을 쓰는 일은 일반적으로 인식된 것보다 훨씬 중요하다.

5

우리 역사에서 공동의 적과 맞서면서 의견이 갈려 서로 격렬하게 다툰 경우들 가운데 대표적인 것은 조선조 인조(仁祖) 치세에 청(淸)이 침입했을 때였다. 당시 우세한 적군에 맞서는 방안을 놓고 청음(淸陰) 김상헌(金尙憲)이 이끈 주전파(主戰派)와 지천(遲川) 최명길(崔鳴吉)이 이끈 주화파(主和派)가 격렬한 논쟁을 벌였다. 청군에 대한 저항이 실질적으로 끝나서 항복을 피할 수 없게 되었을 때, 지천이 항복하는 국서를 쓰자, 청음이 그것을 찢으면서 지천을 꾸짖은 일화는 널리 알려졌다.

청에게 항복한 뒤, 청을 배신했다는 무고를 받고, 청음과 지천이 함께 청의 수도 심양(瀋陽)으로 끌려갔다. 그때 지천은 청음에게 시 한 편을 건넸다. 〈심양에 구류되어 청음에게 바쳐 경과 권을 말씀드림(拘瀋陽呈淸陰講經權)〉이란 제목이 붙은 이 시의 한 구절은 후인들이 귀하게 여겨왔다.

일이 혹시 시세에 따라 엇갈릴지라도

마음이 어찌 도에 어긋나리오.

事或隨時別

心寧與道違

여기서 경(經)과 권(權)은 대척적이다. "도의 항상적 모습을 경이라(道之常者爲經)" 하고 "경에 반하지만 도에 맞는 것을 권이라(反經合道曰權)" 한다. 크게 보면, 청음의 주전론은 경이었고, 지천의 주화론은 권이었다. 그 점을 잘 깨닫고, 조정이 청에 항복한 뒤, 주전론자들의 아픈 마음을 잘 달랬기 때문에, 지천이 명상(名相)으로 추앙받는 것이다. 지금 우파 지식인들 사이의 논쟁들을 찬찬히 살피면, 흔히 경과 권의 대립에서 비롯했음이 드러난다. 명상의 지혜가 담긴 시구를 다시 새겨본다.

믿음의 근거

1

지금 우리 사회에선 갖가지 음모론들이 널리 퍼지고 점술들이 번창한다. 사회가 무척 불안하다는 얘기다. 많은 시민들이 현 정권의 정책들만이 아니라 의도까지 불신하니, 음모론들이 그럴 듯하게 들린다. 그런 음모론들은 가뜩이나 불안한 시민들을 더욱 불안하게 해서, 점술가들을 찾게 만든다.

음모론들은 늘 그럴 듯하지만 거의 언제나 근거가 없음이 밝혀진다. 비록 사회적 불안의 징후지 원인은 아니지만, 음모론들은 그저 재미있는 이야기들이 아니며 결코 무해하지 않다. 시민들이 합리적 설명을 찾는 대신 세상이 힘을 가진 자들의 음모들로 움직인다고 여기게 되면, 그들은 편집병과 냉소주의에 물들게 된다. ('권력과 돈을 가진 자들이 일을 꾸미는데, 나 같은 보통 사람이 무엇을 할 수 있겠나?') 그런 풍토에선 미신과 사이비종교와 민중주의가 번창한다. 자연히, 사회적 불안은 커지고 사회의 활력은 줄어든다.

| 2 |

역설적으로, 음모론들이 번창하는 것은 그것들을 떠받치는 증거들이 거의 없다는 사실에 있다. 힘을 가진 자들의 음모가 있다고 한번 믿게 되면, 설명하기가 무척 어려운 현상도 몇 가지 서로 관련이 작은 사실들의 도움을 받아 깔끔하게 설명된다. 필요한 증거들이나 논리적 연관성이 모두 '음모'에 의해 제공되기 때문이다. 진정한 증거들이 없으면, 없다는 사실 자체가 음모의 증거가 된다. ('엄청난 권력이 개입하지 않았다면, 어떻게 증거들이 하나도 발견되지 않았겠나?')

음모론의 중심적 특질은 그것이 '설명'하는 작은 현상 대신 엄청나게 크고 복잡한 문제를 도입한다는 점이다. 즉 음모를 꾸미는 세력의 존재, 구성, 의도 및 행동과 같은 것들을 설명해야 한다. 음모론을 주장하는 사람들이 음모에 관한 자료들을 제대로 내놓는 경우는 물론 없다. 따라서, 음모론을 듣게 되면, 우리는 그것의 그럴듯함에 대신 진정한 증거의 부재에 주목해야 한다. 그래야 알지 못하는 사이에 음모론의 늪에 빠지는 것을 막을 수 있다.

진정한 증거의 부재는 앞날의 일들이나 개인들의 운명을 '예언'해주는 점술의 중심적 특질이기도 하다. 점술의 사회적 폐해는 음모론의 그것보다 훨씬 크다. 그것은 그저 사회에 부정적 영향을 미치는 것이 아니라 사회의 자원들을 적극적으로 낭비한다.

| 3 |

점술가들의 '예언'들이 가치가 없다는 것을 보이기는 그리 어렵지 않다. 중요한 사건들을 미리 예측했다고 주장하는 사람들의 얘기들을 찬찬히 살피면, 그것들이 모두 확인이나 검증이 불가능한 종류임이

드러난다. 어떤 중요한 사건의 발생을 예언했다고 하지만, 그런 주장을 떠받치는 증거들이 전혀 없거나 확인하기 어려운 것들이다. 다른 편으로, 지금 하는 예언들은 선문답보다 뜻이 더 아리송한 것들이다. 과학의 기준은 말할 것도 없고, 상식적 수준에서도 너무 논거가 허술해서, 그런 예언들은 가치가 전혀 없다.

그래도 점술은 늘 호황을 누린다. 미래의 예측이 삶에 워낙 중요한 일이라, 미래를 예측하려는 충동이 아주 강하기 때문일 터이다.

자연히, 점술의 유형은 아주 다양하다. 우리 사회의 점술들의 연원은 중국의 '술수(術數)' 다. 조지프 니덤의 〈중국의 과학과 문명〉에 나오는 술수들은 아래와 같다.

1) 복(卜): 벌겋게 달궈진 쇠로 거북의 등껍질 또는 소나 사슴의 견갑골에 가열한 다음 거기 나타난 금들의 모양을 풀이해서 미래를 알아내는 기술이다. 중국의 술수들 가운데 가장 오래되고 갑골 문자 덕분에 유명하다.

2) 서(筮): 톱풀의 마른 줄기들로 만든 심지를 뽑아서 미래를 알아내는 고대의 기술이다.

3) 괘(卦): 역경(易經)의 괘를 이용해서 미래를 알아내는 기술로 전국시대(戰國時代)에 나타나 그 뒤로 쭉 높은 인기를 누렸다.

4) 성명(星命): 어떤 일이 일어난 때의 천체의 모습에서 그 일의 운명을 알아내는 기술로 서양의 점성술(astrology)에 해당한다.

5) 선택(選擇): 날의 길흉을 가리는 기술이다.

6) 추명(推命): 간지(干支)를 이용하는 방식으로 뒤에 사주(四柱)로 발전되었다.

7) 풍수(風水): 산 사람들과 죽은 사람들의 거처를 산천의 형세와 조

화시켜 재앙을 막고 복을 받는 기술이다.

8) 상술(相術): 신체적 특징들에서, 특히 얼굴과 손금의 모습에서, 사람의 운명을 알아낸다.

9) 점몽(占夢): 꿈으로 미래를 알아낸다.

10)탁자(坼字): 이름에 쓰인 글자들을 분석해서 당사자의 운명을 알아낸다.

위의 술수들은, 고대에 중국에서 사라진 복과 서를 빼놓으면, 모두 우리 사회에서 성행한다. 그러나 그것들이 근거가 전혀 없는 미신들임은 분명하다. 모두 나름의 절차들을 자세히 갖추었지만, 그런 절차들의 논리적 바탕은 음양 사상이나 오행 사상과 같은 고대의 원시적 형이상학 체계들뿐이다.

결정론과 자유의지의 대립은 철학적 진흙탕이라 비전문가가 섣불리 발을 들여놓을 수 없지만, 우주가 엄격한 인과율의 지배를 받는다는 주장과 그래서 개인들이나 사회들의 앞날이 엄격한 결정론적 질서(deterministic order)에 따라 펼쳐지리라는 생각은 반박하기 어렵다. 그러나 그런 결정론적 질서를 미리 알아낼 수 있다는 주장은 전혀 다른 얘기다.

'팩션' 을 현명하게 즐기는 길

| 1 |

요즈음 조선의 옛 역사에 바탕을 둔 예술 작품들이 높은 인기를 누린다. 특히 장편 방송극들이 크게 성공해서 '한류' 의 중요한 부분이 되었다. 자연히, 그런 작품들은 당시 조선 사회에 관한 지식들을 우리 사회에 널리 퍼뜨린다.

이런 작품들의 근본은 역사 소설이라 불려온 문학 장르다. 역사 소설이 역사적 사실들을 반영하는 정도는 물론 큰 편차가 있다. 한쪽엔 사실들과 역사학의 정설들을 충실히 반영한 작품들이 있고 다른 쪽엔 그저 역사적 이름들만 빌려온 작품들이 있다.

작품의 구성에 필요한 역사적 사실들이 제대로 알려진 경우는 드물므로, 역사 소설엔 어쩔 수 없이 허구적 사실들이 많이 들어가게 마련이다. 요즈음엔 허구적 사실들이 특히 많이 들어간 작품들을 '팩션(faction)' 이라 부른다.

2

요즈음 나온 우리 방송극들은 거의 다 팩션들이다. 어떤 예술 작품을 팩션이라 부르는 것은 그 작품에 대한 중립적 평가다. 그 말은 그 작품이 역사적 사실과 느슨한 관련을 가졌음을 가리킬 따름이다. 그 작품을 감상하는 사람들도 그 점을 인식하면 된다.

그러나 팩션에서 사실적 부분들과 허구적 부분들을 깔끔하게 가려내는 일이 실질적으로 불가능하므로, 많은 사람들이 허구적 부분들을 사실로 여기게 된다. 이런 상황은 당연히 문제들을 낳는다.

두드러진 예는 조선조 의술을 다룬 작품들의 영향이다. 그런 작품들은 조선조 의술이 과학적 방법론을 지녔고 높은 수준의 지식을 축적했다고 그렸다. 이것은 분명히 역사적 사실과 다른 허구다. 주제가 의학이므로, 그런 허구는 우리 의료 풍토에 나쁜 영향을 미칠 수밖에 없다. 그것은 우리 시민들의 의학과 건강에 관한 인식과 판단을 흐리게 하고 지금 우리 사회에 널리 퍼진 전통 의술에 대한 신비주의적 태도를 늘렸다. 사람들의 신비주의적 태도를 이용하는 '대안 의학'은 어느 사회에서나 큰 문제니, 엄청난 자원을 쓰고도 시민들은 오히려 정통 의학을 이용할 기회를 잃어서 손해를 본다.

보다 근본적 수준에서 부정적 영향을 미치는 것은 그런 작품들이 우리의 가치 판단을 고대 역사에 투사한다는 사실이다. 특히 걱정스러운 것은 민족주의적 태도의 투사다.

우리는 한반도와 발해 멸망 이전의 만주에 존재했던 모든 것들을 - 거기 살았던 사람들과 그들의 역사와 그들의 성취를 - 우리 것으로 여긴다. 그리고 그들의 역사에서 궁극적으로 우리를 낳은 일련의 단선적 과정을 읽어낸다. 자연히, 그들의 행위들과 성취들을 평가하는 데서 우리는 우리 자신의 기준으로 평가하고 우리의 형성에 공헌한 것에 가치를 둔다. 그렇게 우리의 가치를 이 땅에 살았던 사람들의 역사에 투사하면, 고대사는 어쩔 수 없이 왜곡되어서, 우리는 옛 사람들 눈에 들어왔던 세상과는 크게 다른 세상을 보게 된다.

한민족은 신라가 한반도의 다른 나라들을 정복하여 단일 국가를 이룬 때 비로소 출현했다. 그 이전에는 한민족은 존재하지 않았다. 그저 고구려 민족, 백제 민족, 신라 민족이 존재했었다. 물론 삼국 자체도 정복 과정을 통한 부족들의 통합으로 나왔다. 따라서 그들이 인종과 문화에서 아무리 가까웠어도, 그들은 하나의 민족이 아니었다.

실은 그들은 인종, 풍습, 언어에서 많이 달라서, 그들이 서로에게서 본 것은 가까운 혈족이 아니라 공존하기 어려운 적이었다. 세 나라 사이의 끊임없는 싸움들은 이 사실을 잘 드러낸다.

한민족이 나온 뒤에도 외부와 끊임없는 인적 교류가 있었고 지식들의 전파가 있었다. 원래 민족은 아주 느슨하고 유동적인 집단이다. 스스로를 '단일 민족'이라고 일컫는 것은 나름으로 쓸모가 있지만, 그런 관행이 우리로 하여금 우리 민족이 줄곧 상당히 '닫힌 체계'였다고 인식하도록 하는 것은 큰 문제다.

3

지금 그렇게 왜곡된 역사적 정황을 시민들이 인식하는 경우는 드물다. 설령 인식된다 하더라도, 무해한 것으로 용인되거나 우리의 민족적 자부심을 키우는 것으로 칭찬을 받는다. 그러나 그런 왜곡은 결코 무해하지 않다. 사실의 왜곡이 무해하거나 좋은 결과를 가져오는 경우는 생각하기 어렵다.

우리 고대 역사의 왜곡은 우리를 다듬어낸 요소들에 대한 인식을 오도해서 우리의 정체성에 대한 틀린 인식을 낳는다. 당연히, 우리의 판단들은 알게 모르게 갖가지 방식으로 영향을 받게 된다. 그리고 그렇게 정확하지 못한 판단들은 덜 좋은 결과들을 부른다.

세계성(globality)의 시대에선 민족주의적 편향이 든 역사 해석은 특히 큰 문제들을 부른다. 해외에 나갔을 때, 자신이 받은 민족주의적 교육과 세계 현실이 너무 달라서 문화적 충격을 받았다고 고백하는 시민들이 많다. 우리가 크게는 외교에서 작게는 외국인들과의 교류에서 서툰 까닭은 민족주의적 편향이 든 역사 해석도 큰 몫을 했다.

유난히 씁쓸한 반어(反語)는 우리 사회를 뒤덮은 민족주의적 태도가 실은 우리의 전통이 아니라 유럽의 전통에 속한다는 사실이다. 우리 선조들은 민족에 그리 집착하지 않았고 우리보다 훨씬 세계적이었다. 지금 우리가 받아들인 민족주의는 원래 근대 유럽에서 비롯했다. 유럽 문명이 다른 문명권들로 수출한 것들 가운데 가장 중요한 것들은 기독교, 과학, 그리고 민족주의라 할 수 있는데, 그 셋 가운데 민족주의가 가장 성공적 수출품이었다.

우리 가운데 누구도 민족주의적 편향에서 자유롭지 못하다. "외세에 대한 저항"이 역사 해석의 중심적 가치가 된 역사 교육을 오래 받아왔으므로, 우리는 모두 알게 모르게 그런 기준에 따라 우리 역사를 바라보고 현실에 접근한다. 그런 편향된 판단은 개인적으로나 사회적으로나 우리에게 이로울 수 없다.

바로 이 점이 우리가 팩션들을 감상하면서 마음 한쪽에서 경계해야 할 점이다. 이런 비판적 감상은 실은 작품을 감상하는 데도 큰 도움이 된다. 작품 속에서 역사적 사실들과 허구적 내용을 가려내려 애쓰고 작가의 역사적 해석을 평가하기 위해 관련 자료를 찾아보는 것은 작품을 보다 넓고 올바른 맥락에 놓고 살피는 기회를 줄 뿐 아니라 생생한 지식들을 재미있게 얻는 길이기도 하다.

과학소설(SF)의 효용

1

삶은 힘들고 위험하다. 그러나 삶에 대한 설명서들은 마땅치 않다. 사람마다 독특하고 처지가 달라서, 이 세상을 살아가면서 어려운 고비를 만났을 때 펼쳐보고 도움을 받을 만한 보편적 설명서들은 드물다. 간단한 가전 제품에도 설명서가 따르는데, 정작 중요한 삶 자체에는 설명서가 따로 없다.

그래서 우리는 나름으로 삶의 설명서들을 열심히 찾는다. 그런 설명서로 쓸모가 큰 것은 문학이다. 특히 소설이 그렇다. 사람들의 삶에서 본질적인 부분들을 이야기로 꾸며 들려주므로, 소설은 삶의 본질과 살아가는 길에 대해서 성찰할 기회를 독자들에게 준다.

소설 작품들은 그럴 듯한 이야기들이다. 삶에 별다른 연관성이 없는 특수한 사실들을 버리고 삶의 본질에 연관된 것들만을 뽑아냈으므로, 소설 작품들은 일반적으로 인식된 것보다는 훨씬 큰 보편성을 지닌다. 신문 사회면에 나오는 현실이 소설 속의 현실보다 훨씬 특수하고 기괴하다. 사람들의 삶에 관해서 '보편적 진실' 이라 불릴 만한 것이 있다면, 그것이 많이 담긴 곳이 바로 소설이다.

2

사정이 그러하므로, 소설을 거짓말과 같은 뜻으로 쓰는 우리 사회의 관행은 참으로 불행하다. "소설을 쓴다"는 표현에 "거짓말을 지어낸다"는 뜻을 처음 담은 사람이 누구인지는 알 길 없지만, 그 말은 쓰는 사람들의 무지를 드러내고 우리 사회의 비속함을 상징한다. 근대 이후에서 가장 중요했던 예술 형식을 거짓말과 동의어로 만든 사회가 어떻게 건강하고 세련될 수 있겠는가?

소설을 비하하는 그런 관행은 실질적으로도 크게 해롭다. 한 사람이 다른 사람들을 이해하는 길로는 소설만한 것이 드물다. 소설 작품들을 통해서 우리는 직접 알 수 없는 다른 사람들의 마음에 간접적으로 접근할 수 있다. 소설을 읽지 않는 사람들은 다른 사람들을 이해하는 잠재적 능력을 한껏 펼 수 없다. 누구에게나 환경에서 가장 중요한 요소는 다른 사람들이므로, 그런 이해의 부족은 개인적으로나 사회적으로나 큰 손실이다.

보다 심각한 손실은 삶을 성찰할 기회를 잃는다는 점이다. 소설 작품들은 삶의 모형들이다. 그것도 가장 구체적이고 흥미로운 모형들이다. 소설을 읽음으로써, 우리는 우리가 살아보지 않은 삶의 모형들을 알게 되고 평가하게 된다. 즉 가치의 연산을 한다. 한계적 상황에서 어떤 길을 골라야 하는가, 절망할 수밖에 없는 상황에서도 절망하지 않는 길은 없는가, 한 사람의 삶을 평가하는 궁극적 기준은 무엇인가, 따위 본질적인 물음들을 자신에게 던질 기회를 소설은 제공한다.

자연히, 소설을 읽은 사람들은 어려운 상황을 잘 견디고 헤친다. 찬찬히 둘러보면 깨닫게 되는 것처럼, 소설을 즐기는 사람들은 마음이 보기보다 강인하고 탄력이 있어서 쉽게 무너지지 않는다. 절망에 대한 처방으로는 소설을 따를 것이 드물다.

소설의 이런 쓸모는 실은 삶의 근원과 이어져 있다. 〈천일야화(千一夜話)〉에서 셰하라자데가 밤마다 왕에게 이야기를 들려줌으로써 자기 목숨을 부지하고 마침내 왕국에 드리운 죽음의 그림자를 걷어낸 것은 상징적이다. 이야기는 삶을 지켜주는 마법이다.

3

현대 사회에서 가장 중요한 요소는 과학과 기술이므로, 현대의 이야기들은 당연히 과학과 기술이 우리의 삶에 미치는 근본적 영향들을 담아야 한다. 과학소설(SF)은 바로 그런 이야기들이다.

과학의 발전은 우리의 지식을 근본적 차원에서 향상시킨다. 이것은 물론 좋은 일이지만, 또한 우리의 상식을 허문다. 그리고 기술은 우리의 일상 생활과 사회의 모습을 빠르게 바꾼다. 그래서 사람들은 확실한 지식도 안정된 환경도 점점 누리기 어렵게 된다. 특히 생물학과 생명공학의 발전은 사람의 정체성에 대한 혼란을 불렀다. 사람들이 점점 불안해지는 것이 이상하지 않다.

과학소설은 현대 사회의 이런 측면을 다룬다. 과학소설은 보통 사람들이 접근하기 어려운 과학과 기술을 이야기의 모습으로 구체화해서 그들이 변화하는 세상을 제대로 인식하도록 돕는다.

4

과학소설은 일반 독자들에게 비교적 낯선 문학 장르다. 우리 사회에서 과학소설이 많이 나오지 않기 때문에, 우리 시민들은 대부분 과학소설영화를 통해서 과학소설을 알게 되었다. 그러나 거의 모든 독자들은 읽는 줄도 모르고 과학소설을 이미 몇 권 읽었을 것이다. 쥘 베른(Jules Verne)의 〈바다 밑 2만리(Vingt mille lieues sous les mers)〉, 올더스 헉슬리(Aldous Huxley)의 〈멋진 신세계(The Brave New World)〉, 조지 오웰(George Orwell)의 〈1984년(Nineteen Eighty-four)〉, 그리고 윌리엄 골딩(William Golding)의 〈파리들의 임금(Lord of the Flies)〉은 과학소설의 고전들이다. 다행히, 근년에는 과학소설의 고전들이 상당히 많이 번역되어서, 우리 독자들도 쉽게 과학소설을 즐길 수 있게 되었다.

지금 특별히 추천하고 싶은 작품은 미국 작가 킴 스탠리 로빈슨(Kim Stanley Robinson)의 〈화성(Mars)〉 3부작이다. 인류의 화성 진출을 사실적으로 다룬 이 작품은 〈붉은 화성(Red Mars)〉, 〈초록 화성 (Green Mars)〉, 그리고 〈푸른 화성(Blue Mars)〉으로 이루어졌는데, 제목들이 가리키는 것처럼, 각각 정착촌 건설, 지구 생물체들의 이식, 그리고 바다의 조성을 다루었다. 이미 화성 탐사가 본격적으로 시작되었고 머지않아 화성에 식민지가 건설될 터이다. 인류의 마지막 변경(frontier)인 외계로 뻗어나가는 일은 당연히 지구 사회에 큰 영향을 미칠 것이다. 가까운 미래에 나올 기술들로 크게 바뀐 사회들의 모습을 설득력있게 그려낸 이 작품은 독자들이 지금 세상을 제대로 조망해서 깊이 살피도록 돕는다.

황사로 흐릿한 하늘 아래

| 1 |

어느 사이엔가, 황사는 우리 삶에서 항상적 요소가 되었다. 아침에 부연 하늘을 보면, 우리는 예전처럼 '안개가 낀 건가?' 묻는 대신 '또 황산가?' 묻는다. 황사는 이미 우리 삶에 여러 모로 부정적 영향을 미치며 앞으로는 더욱 그러할 터이다. 안개 낀 봄 하늘에서 느끼는 푸근함이 황사에 대한 걱정으로 바뀐 것만도 큰 손실이다. 이제 우리는 개인적으로나 사회적으로나 그것에 대해 심각하게 생각해야 한다.

황사의 근본적 원인은 물론 중국 북부와 서부의 사막화다. 이것은 장기적 추세여서 예측가능한 미래에 역전될 수 없다. 이 점은 신강성(新疆省)의 역사가 잘 보여준다. 지금 이 지역은 대체로 메마른 지역이고 오아시스 둘레에 자리잡은 작은 도시들로 이루어졌다. 그러나 서역(西域)이라 불린 고대에는, 많은 유적들이 말해주듯, 여러 도시국가들이 번창했었다. 그리고 지금은 작은 호수 둘로 나뉜 '로프 노르' 만해도 몇 천 년 전에는 상당히 큰 호수였다.

지리적 이유에서 중앙아시아의 초원 지역은 서쪽으로 갈수록 비가 많고 땅이 기름지다. 그래서 중국 대륙 북부에서 밀려난 유목 민족이 서쪽으로 이주하면서 점점 강성해져 마침내 서부 시베리아와 동 유럽을 침입한 경우가 많았다. 기원전 3세기 흉노(匈奴)에게 밀린 대월지(大月氏)는 중앙아시아에서 번창한 왕조를 세웠고, 1세기에 한(漢)에게 밀린 흉노는 뒤에 유럽 대륙을 휩쓴 훈(Hun)족의 형성에 큰 영향을 미쳤다. 12세기에 거란족 요(遼)가 여진족 금(金)에게 망하자, 거란족 지배층의 일부는 서쪽으로 이주하여 서요(西遼)를 세웠는데, 80년 동안 이어진 서요의 활약은 중앙아시아 사람들에게 깊은 인상을 남겨, '거란' 을 뜻하는 'Kitai' 에서 나온 'Cathay' 가 서양에서 중국을 뜻하게 되었다. 이처럼 중국 북부와 서부의 기후 조건은 유라시아 대륙 역사의 전개에 큰 영향을 미쳤다.

2

장기적 추세이므로, 중국 북부와 서부의 사막화는 이 지역 사람들의 삶에 두고두고 큰 영향을 미칠 것이다. 당장 환경적, 경제적, 정치적 영향을 받는 것은 중국 사람들이지만, 우리도 간접적 영향을 받을 터이다. 이웃 나라들은 주로 황사로서 그 영향을 느끼겠지만, 중국의 식량 생산이 줄어드는 데서 나오는 경제적, 정치적 영향도 작지 않을 것이다.

이 문제를 장기적 맥락에서 살피는 데는 북 아프리카의 운명이 도움이 될 것이다. 지금 북 아프리카의 두드러진 지형은 거대한 사하라 사막이다. 그러나 인류가 아프리카에서 진화하는 동안, 사하라는 나무들로 덮인 곳이었다. 석기 시대에도 그곳에선 사람들이 살았었다. 사하라 사막 밑에 있는 방대한 '화석수' 는 이 역사적 사실에 대해 증언한다. (우리 건설 회사들이 만든 리비아의 수로 덕분에, 이 화석수는 우리에게 낯익다.) 사하라의 사막화는 중국 북부와 서부의 사막화를 장기적 맥락에서 보도록 우리에게 일러준다.

| 3 |

그러면 그런 사막화에 대한 대책은 무엇인가? 불행하게도, 효과적 대책은 없는 듯하다. 사막화는 근본적으로 우량의 부족에서 나오는데, 그곳에 갑자기 우량이 늘어날 가능성은 없다. 지구 온난화가 이 지역의 기후를 어떻게 바꿀지는 모르지만, 단기적으로는 그것조차 사태를 악화시킬 것으로 보인다. 온난화는 중국 서부의 빙하를 줄이는데, 빙하가 줄어들면, 그 밑에서 드러난 동토가 바로 황사로 이어진다. 그런 자연 조건에 대해 인류가 지금 지닌 지식과 기술로 영향을 미칠 길은 없다.

사막화에 대한 방책으로 흔히 나오는 것은 숲을 만드는 것이다. 중국 북부의 경우 실제로 조림이 시도되고 있다. 아쉽게도, 이 방안은 성공할 가능성이 아주 작다. 비가 충분히 오는 곳에선 나무들은 자연 환경의 유지에 이바지한다. 그러나 비가 거의 오지 않는 지역에서 나무들이 할 수 있는 일은 거의 없다. 나무는 물을 먹고 살지 물을 만들어 내지 않는다.

실은 메마른 지역에 나무들을 심는 것은 사태를 악화시킬 수 있다. 나무는 풀보다 몸집이 크므로, 물을 훨씬 많이 쓴다. 특히 땅속 깊이 뿌리를 뻗어 지하수를 이용하므로, 지하수를 고갈시킨다. 따라서 설령 메마른 땅에서 나무들이 생존할 수 있다 하더라도, 원래 풀들만이 자라던 곳에 나무들을 심는 것은 합리적이 아니다.

사막화를 막기 위해 숲을 가꾸려는 중국 정부의 노력은 여러 해 뒤에야 성패가 드러날 터이다. 그러나 지금까지 나온 전문가들의 중간 평가는 낙관적이지 않다. 자원의 낭비라는 지적까지 나오고 있다.

지금 중국이 고를 수 있는 합리적 방안은 농민들이 개간하거나 가축들의 방목지로 만든 땅을 초지로 되돌리는 것이다. 그러나 이것은 아직 부유하지 못하고 정권이 안정되지 못한 중국으로서는 정치적으로 무척 힘든 과제다. 실은 농민들이 초지를 개간하는 일을 막아서 현재의 초지를 보호하는 것조차 쉽지 않다.

이처럼 황사에 관한 전망은 밝지 않다. 모두 중국과의 협력을 말하지만, 위에서 살핀 것처럼 협력할 길이 마땅치 않다. 따라서 우리는 개인적으로나 사회적으로나 황사와 더불어 사는 것을 준비해야 한다. 어두운 소식이지만, 이것은 야심찬 젊은이들에겐 기회를 내놓기도 한다. 우리 삶에 스며드는 황사의 영향을 줄이는 방법들과 기구들을 생각해내서 사회에 공헌하고 개인적으로 성공할 가능성이 거기 있는 것이다.

현명하게 세속적인 삶

| 1 |

요즈음 살아가는 데 직접적으로 도움이 될 지식들을 제공하는 책들이 인기가 높다. 그런 책들에 대한 수요야 어느 때나 컸지만, 현대에선 부쩍 커졌다. 신분적 제약이 거의 다 사라져서, 사회적 이동성이 커지고 경쟁이 심해졌다는 사정을 반영하는 듯하다. 근년에 우리 사회가 경제적으로 크게 어려워졌다는 사정도 물론 크게 작용했을 터이다.

사람의 천성에 대해 좀 비판적인 태도를 드러낸 경구(aphorism)들이 특히 인기가 높다. 프랑스 문필가 라 로쉬푸코(Francois de la Rochefoucauld)의 〈잠언집(Les Maximes)〉은 대표적이다. "자연은 우리에게 장점들을 주고, 우연은 그것들이 일하도록 한다(La nature fait le merite, et la fortune le met en oeuvre)"는 경구는 삶의 모습을 간결하게 드러내서 거듭 뇌이게 된다. "혼자서 현명해지려는 것은 크게 어리석은 일이다(C' est une grande folie de vouloir etre sage tout seul)"는 경구는 우리로 하여금 좋은 사람들과 사귈 기회를 찾도록 만든다. 라 로쉬푸코의 경구들은 깊은 뜻을 담았으면서도 간결하게 다듬어져서, 하나 하나가 보석이다. 덕분에 그의 개척적 업적을 통해서 이런 '잠언(maxime)' 이 17세기에 문학의 한 분야로 자리잡았다.

영국 정치가 체스터필드(Stanhope Chesterfield)의 〈아들에게 보낸 편지들(Letters to His Son)〉도 널리 읽힌 처세술 교본이다. 체스터필드는 홀란드 대사로 근무할 때 사생아를 얻었는데, 그 아들이 재능은 있었지만 남들과 어울리는 데는 서툴렀다. 〈아들에게 보낸 편지들〉은 그 아들을 가르치려고 쓴 편지들인바, 자식에 대한 사랑이 배어서 더욱 감동적이다. "그럴 수만 있다면 다른 사람들보다 현명해져라, 그러나 그들에게 그것을 말하지는 말아라 (Be wiser than other people if you can, but do not tell them so)"고 당부한 구절은 누구라도 자식들에게 해주고 싶은 얘기다.

| 2 |

라 로쉬푸코나 체스터필드의 경구들은, 언뜻 보면, 사람의 천성에 대해서 아주 비관적인 견해에 바탕을 두고서 냉소적이고 계산적인 태도를 지니라고 가르치는 것처럼 보인다. 영국 문필가 새뮤얼 존슨(Samuel Johnson)은 처음 영어 사전을 편찬할 때 체스터필드에게서 큰 도움을 받았던 사람인데, 체스터필드의 책이 "갈보의 도덕과 춤 선생의 예절 (the morals of a whore, and the manners of a dancing master)"을 가르친다고 비난했다. 존슨의 비난은 개인적으로 배은망덕이고 사실적으로 그르다는 것이 중평이다. 찬찬히 살피면, 실제로 사정이 전혀 다르다는 것이 드러난다.

먼저, 두 사람 다 인품이 높고 자신들의 가르침을 스스로 실천하여 애썼다. 그들은 자신들이 고른 분야들에서 큰 업적들을 남겼다. 라 로쉬푸코는 프랑스 명문의 후예로 일찍부터 군인으로서 활약했고 큰 부상을 입은 뒤에야 은퇴했다. 체스터필드는 뛰어난 정치가로서 자신의 소신을 지키려고 중요한 직책을 버리기까지 했다. 무엇보다도, 그들은 만년에 닥친 불운을 불평 없이 현명하게 견뎌냈다. 귀가 멀어서 친구들과 어울리지 못하게 되었고 아들의 불운과 요절을 겪었으면서도, 체스터필드는 자신의 불운을 해학의 대상으로 삼았다: "티롤리와 나는 두 해 전에 죽었는데, 우리는 그 사실이 알려지지 않도록 할 따름이다. (Tyrawley and I have been dead these two years, but we don' t choose to have it known.)"

삶의 바탕이 도덕이라는 점을 그들이 강조했다는 사실은 그래서 이상하지 않다. 체스터필드가 아들에게 한 다음 얘기에서 그 점이 잘 드러난다.

"첫째, 신과 사람에 대한 너의 의무를 해야 하니, 그것 없이는, 다른 모든 것들이 뜻이 없다; 둘째, 많은 지식을 얻어야 하니, 그것 없이는 비록 네가 매우 정직한 사람일지라도 매우 경멸 받는 사람이 될 것이다; 그리고 마지막으로 매우 좋은 태도를 지녀야 하니, 그것 없이는 비록 네가 정직하고 박식한 사람일지라도 매우 마음에 맞지 않고 불쾌한 사람이 될 것이다.

[F]irst, to do your duty towards God and man, without which, everything else signifies nothing; secondly, to acquire great knowledge, without which you will be a very contemptible man, though you may be a very honest one; and lastly to be very well bred, without which you will be a very disagreeable, unpleasing man, though you should be an honest and a learned one."

부모가 자식들에게 해 줄 얘기로서 200여 년 전에 체스터필드가 아들에게 한 이 얘기보다 더 좋은 것을 나는 알지 못한다. 사람의 천성은 서로 돕고 믿으면서 살도록 되었다. 그렇게 도덕적으로 행동할 수 있는 능력이 인류 사회를 이루었고 인류 문명을 낳았다. 그래서 착한 성격은 성공의 가장 본질적 요소고, 착한 성격을 타고 태어나는 것은 가장 큰 행운이다.

만일 당신이 그런 행운을 누리지 못했다면, 착한 사람인 척하는 것이 긴요하다. 세상은 위선을 좋게 여기지 않는다. 찬찬히 생각해보면, 위선이야말로 칭찬을 받아야 한다는 것이 드러난다. 사람은 천사도 악마도 아니다. 누구도 천성이 온전히 착할 수는 없고, 정신적으로 장애가 있는 사람들을 빼놓으면, 천성이 온전히 악할 수 없다. 그래서 모두 크든 작든 위선적 행동을 통해서 사회 환경에 적응한다. 위선은 사람이 자신의 비열한 천성을 극복하려는 안타까운 노력이다. 자연히, 가장 인간적이고, 그런 뜻에서, 타고난 선보다 오히려 위대하다.

다행스러운 것은, 착한 천성에서든 위선을 통해서든 착한 행동을 하게 되면, 사람의 마음이 실제로 조금씩 착해진다는 사실이다. 사람의 마음은 태어날 때 고착된 것이 아니라 학습을 통해서 다듬어지도록 되었다.

"태도들과 가치들은 태어날 때 아주 자세하게 새겨지지 않는다. 그와 반대로, 그것들의 발생은 주로 문화의 과제다. 대부분의 사람들은 비기회주의적으로 행동할 감정적 약속을 발생시킬 능력을 갖추었다. (Attitudes and values are not etched with great specificity at birth. On the contrary, their development is [···] largely the task of culture. Most people have the capacity to develop emotional commitments to behave unopportunistically.)" 로버트 프랭크(Robert H. Frank), 〈이성 속의 열정들(Passions within Reason)〉

사람이 살아가면서 맞는 선택들 가운데 아마도 가장 중요한 것은 자신이 어떤 사람이 되겠는가 결정하는 일일 것이다. 거기서 옳은 결정은 체스터필드가 아들에게 가르친 것이다: 착하게 살아라. 반사회적 성향을 드러낸 범죄자들도 자식들에게는 착하게 살라고 가르친다는 사실은 늘 내 가슴을 따습게 한다.

| 3 |

만일 라 로쉬푸코와 체스터필드의 좋은 조언들을 단 하나의 경구로 묶는, 어쩔 수 없이 무리한 일을 시도한다면, 나로선 그들보다 좀 먼저 살았던 영국 시인 쾰스(Francis Quarles)의 "현명하게 세속적이어라, 세속적으로 현명하지 말고(Be wisely worldly, be not worldly wise)"라는 구절을 들고 싶다. 이 세상에서 살아가려면 어쩔 수 없이 세속적이어야 한다. 그러나 세속적 처신으로 시종하면, 무언가 근본적 중요성을 지닌 것을 놓칠 수도 있다. 따라서 자신이 추구하는 삶에 맞는 방식과 정도로 세속적이어야 한다는 얘기다.

사람들은 모두 세속적 성공을 열망한다. 사람이 사회를 이루어 살기 시작한 뒤, 사회적 위계에서 높은 자리들을 차지한 사람들은 생식에서 유리했고 낮은 자리를 차지한 개인들은 생식에 불리했다. 우리는 모두 다른 사람들과 다투어 사회적 위계에서 높은 자리들을 차지했던 사람들의 후손들이다. 당연히, 우리는 모두 자신이 속한 사회에서, 가족에서든 직장에서든 정치계에서든, 자신이 차지하는 위치에 늘 민감하고 보다 높은 자리로 올라가려고 애쓴다. 유기체들의 목표가 성공적 생식이고, 생식에서 사회적 위치가 결정적으로 중요하므로, 사회적 자리 다툼은 늘 나오고 늘 치열하다. 그런 본성이 워낙 두드러져서, 생식과 별 관계가 없는 경우에도, 예컨대 생식 활동이 다 끝난 노인들의 친목회 같은 집단에서도, 자리 다툼은 치열하다.

다른 편으로는, 우리는 모두 세속적 성공에 대해 약간의 그러나 진정한 경멸을 품는다. 세속적 성공의 전형인 정치 지도자들은 부러움을 많이 사지만 존경은 별로 받지 못하고, 가난한 예술가가 되라고 자식에게 권하는 부모는 없지만 모두 가난한 예술가들을 높이 평가한다. 그런 사정의 큰 부분은 세속적 성공의 대상인 '사회적 위계에서의 높은 자리들' 이 본질적으로 '위치재(positional goods)' 라는 사실에서 나온다.

위치재는 가치의 큰 부분이 특수한 위치 덕분에 생긴 재화를 가리킨다. 모든 면들에서 똑 같은 땅인데, 한 곳에 지하철 역이 생기면, 다른 곳들보다 가치가 부쩍 높아진다. 진품들도 모사품들에 대해 그런 이점을 누린다. 사회적 위계에서 높은 자리들은 전형적 위치재들이다.

위치재의 본질적 특질은 더 생산될 수 없고 재분배될 수만 있다는 것이다. 높은 자리들이나 훈장들을 더 만들 수는 없다. 더 만들면, 가치가 희석되어 가치의 재분배가 이루어질 따름이다. 모두 귀족인 사회에서 귀족의 가치는 거의 없다. 당연히, 위치재들에 대한 다툼은 치열하다.

위치재들에 대한 다툼은 늘 치열하고 사회적 비용도 무척 크지만, 그런 다툼은 그저 존재하는 위치재들을 재분배할 따름이고 그 과정에서 창출되는 가치는 거의 없다. 사람들이 그런 위치재들의 재분배에 기를 쓰고 참여하는 정치가들을 부러워하면서도 약간의 그러나 진정한 경멸을 품고, 가치를 창출하는 학자들과 예술가들을 높이 평가하는 까닭이 바로 거기 있다.

| 4 |

현실에서 세속적 성공은 물론 중요하다. 누구도 자신의 사회적 위치를 높이는 일에 마음을 쓰지 않을 수는 없다. 살아가고 뜻을 이루는데 사회적 위치는 결정적으로 중요하다. 너무 낮은 자리를 차지하면, 당장 살아나가기 어렵고 뜻을 이루는 일은 더욱 어렵다. 궁핍은 예술적 창조에도 학문적 발견에도 도움이 되지 않는다. 물론 자식들을 낳아 기른다는 생명체들의 기본적 임무도 제대로 해낼 수 없다. 여기서 "현명하게 세속적"일 필요가 나온다.

이처럼 자신의 사회적 위치에 대해 마음을 쓰면서도 가치를 창출하려는 욕망을 이루려는 사람들에게 현대는 넓은 터전을 마련했다. 바로 상업 활동이다. 상업 활동을 통해서 사람은 돈을 많이 벌어서 자신의 사회적 지위를 높일 수 있다. 아울러 물질적 가치를 창출해서 사회에 공헌한다. 이 점에서 상업 활동은 본질적으로 위치재를 놓고 다투는 정치 활동과 다르다. 모두 돈을 많이 벌면, 사회적 위치가 바뀌지 않을 것이다. 그런 경우에도, 물질적 풍요의 절대적 수준은 높아지므로, 가치는 창출된다.

현대 사회가 빠르게 발전하고 그런 발전에서 기업가들이 그리도 큰 역할을 한 것은 상업 활동이 직접 위치재를 겨냥한 것이 아니라 물질적 가치를 창출하고 사회적 지위는 간접적으로 얻어진다는 사실 때문이다. 반면에, 위치재를 직접 겨냥하는 사람들은 그것을 얻는 과정에서 가치를 비교적 작게 창출한다. 번영한 사회에서 기업가들이 두드러진 역할을 하고 높은 사회적 지위를 누린다는 점은 우리가 쉽게 확인할 수 있다. 훌륭한 기업가들은 "현명하게 세속적"인 사람의 전형이다. 젊은이들이 기업가보다는 관료나 정치가를 선망하는 우리 사회에서 이것은 모두가 깊이 새겨야 할 화두다.

5

현대 사회들에서 상업 활동을 통한 가치 창출의 기회는 빠르게 늘어났다. 당연히, 큰 재산을 모은 사람들이 점점 많아졌다. 이런 현상과 관련하여, 우리는 두 가지 점을 관찰하게 된다.

하나는 부의 축적 과정이 점점 정당하게 되었다는 사실이다. 산업이 원시적이었던 고대 사회들에서 거대한 부의 원천은 주로 정복, 약탈, 또는 몰수였다. 산업이 발달한 현대 사회들에선 거대한 부의 원천은 주로 상업 활동이다. 따라서 부의 도덕적 기반이 근본적으로 바뀌었다.

게다가, 정부의 몫이 상대적으로 작은 시장 경제에선 정부의 부패와 자의적 결정이 근본적으로 작아서, 불의한 재산 형성이 상대적으로 작다. 아울러, 재산의 형성이 수많은 거래들을 통해서 이루어지므로, 재산의 형성이 본질적으로 깨끗하고 정당하다. 자발적 거래는 양 당사자들이 그것에서 이득을 보므로 이루어진다. 당연히, 정의의 문제가 발생할 여지가 없다. 우리 사회의 통념과는 달리, 이제 거대한 재산은 대체로 정의롭고 깨끗한 과정을 통해서 이루어진다.

또 하나는 한 사람이 모을 수 있는 재산의 규모가 폭발적으로 늘어났다는 사실이다. 현대의 시장 경제는 모든 분야들에서 소수의 뛰어난 재능들에게 보상을 몰아주는 성향이 있다. 이런 성향은 단숨에 역사상 가장 큰 재산을 모은 빌 게이츠(Bill Gates)가 잘 상징한다. 얼마 전에 나온 추산에 따르면, 재산이 3천만 달러가 넘는 사람들은 8만 5천 명인데, 이는 2004년보다 10% 넘게 늘어난 숫자다. 이들의 재산은 대부분 상업 활동을 통해서 얻어졌다.

상업 활동에 종사하면, 정당하고 깨끗한 과정을 통해서 큰 재산을 모을 수 있다는 사실은 젊은이들이 특히 깊이 음미해야 한다. 그런 재산은 물론 그것의 소유자가 창출한 가치에 대한 보상이다.

| 6 |

큰 재산을 모은 사람들이 갑자기 많아지면서, 재산을 쓰는 일이 사회적 관심사가 되었다. 개인이 모을 수 있는 재산이 작았을 때는 재산을 쓰는 일은 문제가 되지 않았다. 자식들에게 남겨주는 것으로 충분했다. 그러나 억만장자들의 재산은 얘기가 다르다. 본인의 육체적 욕구를 충족시키는 데 들어가는 비용은 재산의 아주 작은 부분으로 족하다. 자식들에게 남기는 것도 재산의 처분을 미루는 것일 따름이다. 큰 재산만으로 할 수 있는 일들이 있으므로, 힘들여 모은 큰 재산을 자식들에게 나누어주는 것은 큰 재산의 잠재적 효용을 줄인다는 뜻도 있다.

따라서 큰 재산을 잘 쓰는 일은 점점 중요해진다. 아쉽게도, 지금 큰 재산은 현명하게 쓰이지 않는다. 큰 재산을 낭비하기는 쉽지만, 그것을 현명하게 쓰려면, 당사자가 상당한 투자와 노력을 해야 한다. 그러나 큰 재산을 모으는 데 그리도 열중했던 사람들은 그 재산을 쓰는 데는 별로 관심을 보이지 않는다. 큰 재산이 쓰이는 곳은 주로 자선인데, 경영학자 마이클 포터(Michael Porter)의 표현을 빌리면, 자선은 "비즈

니스보다 몇 십년 뒤떨어졌다."

자선의 효율이 낮은 데는 나름의 까닭들이 있다. 먼저, 자선이 다루려는 문제들은 모두 풀기 어려운 것들이다. 시장과 정부가 제대로 풀지 못한 문제들이니 당연하다. 다음엔, 자선의 효율을 측정할 기준이 마땅치 않아서, 자선 활동들을 관리하기 어렵다.

그래서 근년에는 자선의 효율을 높이려는 시도들이 나왔는데, 이런 움직임에서도 선구자는 빌 게이츠다. 그는 그의 재산 대부분을 재단으로 만들어 자선 사업을 해왔을 뿐 아니라 자신이 낸 돈이 효율적으로 쓰이도록 관리하는 데에도 큰 관심을 가졌고 모범이 될 만한 성과를 얻었다. 그의 자선은 야심차서, 자선의 전통적 분야들을 훌쩍 넘어 개발도상국들의 질병과 가난을 없애는 사업들을 포함한다. 아울러, 그는 자신의 돈을 쓸 뿐 아니라 더 많은 자금을 함께 동원하고 관련된 정책들을 다듬는 데도 공헌하고 있다. 이제 그는 자신이 키운 '마이크로소프트'의 경상적 경영에서 물러나 여생을 자신의 재산을 잘 쓰는 데 바치겠다고 밝혔다.

그런 혁신에 운동량을 보탠 이는 워렌 버페트(Warren Buffett)다. 그는 뛰어난 인재들을 지닌 좋은 조직들을 찾아내서 지원하는 방식으로 큰 재산을 모은 사람인데, 그는 자선에도 그런 방식을 적용한다. 그래서 자신이 직접 자선 활동을 하는 대신, 자선을 가장 효율적으로 하는 빌 게이츠의 '빌과 멜린다 게이츠 재단(Bill & Melinda Gates Foundation)'에 자금을 기부하기로 했다.

7

미국 기업가들의 자선이 세계적으로 큰 관심을 끌면서, 우리 사회에서도 자선에 대한 관심이 높아지고 논의가 활발해졌다. 눈에 이내 들어오는 것은 우리 사회에선 자선이 빈약하다는 점이다. 미국은 원래 자선이 유난히 활발한 사회였지만, 우리 사회에선 자선의 전통이 미약했다. 자선은 문화적 풍토와 관련이 깊으므로, 우리 사회에서 당장 자선이 활발해지기를 기대하기는 어렵다. 그래도 사회가 보다 안정되고 풍요로워지면, 자선은 늘어나고 보다 큰 사회적 기능을 지니게 될 것이다.

주목을 덜 받지만 정작 중요한 점은 외국의 기업가들은 자신들의 재산으로 자선을 한다는 사실이다. 그들은 자신들이 대주주로 지배하고 경영하는 기업들의 자산으로 자선을 하지 않는다. 이 점에서 외국의 자선가들과 우리 자선가들이 뚜렷이 대비된다.

아무도, 지배적 주주들도 최고경영자들도, 기업의 자산을 자선에 쓸 도덕적 권위를 지닐 수 없다. 기업의 목적은 주주들을 위해서 이윤을 되도록, 즉 법과 도덕에 어긋나지 않는 방식으로, 많이 내는 것이다. 그리고 그 이윤은 주주들에게 배당이나 청산을 통해서 돌아가야 한다. 자선은 그렇게 투자에 대한 보상을 받은 주주들이 해야 한다. 그렇게 하는 자선만이 정당할 뿐 아니라 원래 자선의 뜻에 맞는다. 남의 돈으로 하는 자선은 어쩔 수 없이 자선의 뜻을 덜어낸다. 기업은 법인이다. 원래 인격을 갖춘 무엇이 아니지만, 인격을 지닌 것처럼 여기는 것이 사회적으로 좋으므로, 그렇게 법적으로 인격을 부여한 것이다. 따라서 법인은 마음이나 양심이 있을 수 없다. 마음도 양심도 없는 존재를 통해서 그리고 본질적으로 자신의 소유도 아닌 재산으로 이루어지는 자선이 과연 얼마나 깊은 뜻을 지닐 수 있겠는가? 자선은 남의 돈이 아니라 자신의 재산으로 해야 한다는 점은 강조되어야 한다.

근년에 부쩍 자주 들리는 '기업의 사회적 책임' 도 그런 관점에서 살펴야 한다. 기업이 원래의 목적인 상업 활동 말고 따로 무슨 사회적 책임이 있다는 생각은 우리 사회의 구성 원리인 자유민주주의와 자본주의에 어긋난다. 비록 당연한 것으로 여겨지게 되었지만, 반 세기 전에 밀튼 프리드먼(Milton Friedman)이 유창하게 지적한 것처럼, '사회적 책임'을 기업들에게 강요하는 사조는 자유로운 사회를 허문다.

"기업의 요원들이 그들의 주주들을 위해 되도록 많은 돈을 버는 것 말고 다른 사회적 책임을 받아들이는 일보다 우리 자유로운 사회의 기반 자체를 근본적으로 허무는 경향들은 드물다. 이것은 근본적으로 전복적인 교리다. 만일 사업가들이 주주들을 위해 최대 이익을 실현하는 것 말고 다른 사회적 책임을 지녔다면, 그것이 무엇인지 어떻게 그들이 알 수 있는가? 스스로 선임한 사적 개인들이 사회적 이익이 무엇인지 판단할 수 있는가? 그들이 그 사회적 이익을 위해서 자신들이나 주주들에게 정당하게 지울 수 있는 짐이 얼마나 큰가 결정할 수 있는가? 과세, 지출, 그리고 통제라는 이들 공적 기능들이 전적으로 사적 집단들에 의해 선임되어 당시에 특정 기업들을 맡게 된 사람들에 의해 행사되는 것이 용인될 수 있는가? 만일 사업가들이 그들의 주주들의 피고용인이 아니라 공무원들이라면, 민주주의에서 그들은 조만간 선거와 임명이라는 공적 방식에 의해 선임될 것이다.

(Few trends could so thoroughly undermine the very foundation of our free society as the acceptance by corporate officials of a social responsibility other than to make as much money for their stockholders as possible. This is a fundamentally subversive doctrine. If businessmen do have a social responsibility other than making maximum profits for stockholders, how are they to know what it is? Can self-selected private individuals decide what the social interest is? Can they decide how great a burden they are justified in placing on themselves or their stockholders to serve that social interest? Is it tolerable that these public functions of taxation, expenditure, and control be exercised by the people who happen at the moment to be in charge of particular enterprises, chosen for those posts by strictly private groups? If businessmen are civil servants rather than the employees of their stockholders then in a democracy they will, sooner or later, be chosen by the public techniques of election and appointment.)"

프리드먼은 일찍부터 자선이 중요한 사회적 기능을 할 수 있다고 지적했다. 어떤 사회도 충분히 만족스럽게 움직일 수 없으므로, 시장과 정부와 사회안전망이 놓친 부분들을 보살피는 개인적 자선은 필요하고 중요하다는 얘기다.

아울러, 그는 자본주의 사회들에서만 자선이 나올 수 있다는 점도 지적했다. 중앙 권력이 충분한 정보들을 지니고 처리해서 사회의 움직임들을 다 통제하는 사회주의 사회들에선 개인들의 판단에 의한 자선은 들어설 틈이 원천적으로 없다. 만일 자선이 나온다면, 그것은 계획이 틀려서 자원이 남는 개인들과 모자란 개인들이 나왔다는 사실을 뜻하기 때문이다. 사회주의 사회들에선 자선이란 말이 나오지 않는다는 사실과 자본주의를 가장 충실히 따르는 미국에서 자선이 가장 왕성하다는 사실은 맥락이 통한다. 자선에 바쳐진 자원에서 가장 큰 성과를 얻기 위해서 현대 기업의 기법들과 기업가 정신을 결합하는 '자선자본주의(philanthrocapitalism)'가 미국에서 출현했다는 사실은 결코 우연이 아니다.

자선은 인간의 본성에서 자연스럽게 우러나오고 사회와 문명을 발전시킨 원동력인 '상호적 이타주의(reciprocal altruism)'의 한 부분이다. 그러나 그것을 기업의 '사회적 책임'으로 포장하는 일은 더할 나위 없이 해롭다.

| 8 |

발전된 시장을 지닌 현대 사회는 "현명하게 세속적"인 삶을 실현하려는 사람들에게 너른 무대와 다양한 기회를 내놓는다. 특히 상업 활동을 통해서 정당한 방식으로 깨끗한 재산을 모으고 그 재산을 자신의 가치 체계에 맞는 방식으로 쓸 터전을 마련해 놓았다. 빌 게이츠는 자신의 재단에 310억 달러를 내놓았고, 워렌 버페트는 360억 달러를 내놓겠다고 약속했다. 미국 자선 역사에서 두드러진 인물들인 록펠러(John D. Rockfeller)와 카네기(Andrew Carnegie)는 각기 2006년의 달러로 환산해서 76억 달러와 41억 달러를 자선에 썼다. 큰 돈을 모아서 좋은 일을 할 기회는 그렇게 늘어나고 있다.

그렇게 재산을 모으고 쓰는 과정에서 가치를 창출하는 삶에 비기면, '위치재'들을 추구하는 삶이 가치 창출에서 빈곤하다는 점은 이내 드러난다. 비록 우리의 천성이 사회적 위계를 크게 의식하고 그 위계 안에서 높은 자리를 차지하는 데 모든 힘을 쏟도록 되었지만, 우리는 의식적 노력을 통해서 그런 천성을 억제할 수 있다. "세속적으로 현명한" 삶이 유난히 추구되는 우리 사회에선 그런 노력이 특히 절실하다.

하산을 위한 준비

| 1 |

전직 국회의원들이 처지가 어렵다고 며칠 전에 신문에 보도되었다. '국회의원이 되려면, 논두렁 정기라도 받고 태어나야 한다'는 속설이 잘 말해주는 것처럼, 국회의원들은 우리 사회에서 가장 크게 성공한 집단이다. 그래서 그 기사는 상당히 충격적이었고 화제가 되었다. 그것은 실은 사람들이 일하는 나이를 지나면 궁핍하게 된다는 일반적 사정을 반영한다. 그런 사정에서 예외인 사람들은 드물다. 실제로 전직 국회의원들은 평균보다 훨씬 유복하다고 그 기사는 지적했다.

그러면 우리는 가파른 비탈을 내려가야 할 때에 어떻게 대처해야 하는가? 높은 봉우리에 오르는 것은 무척 힘들지만, 그 봉우리에서 무사히 내려오는 일도 그렇다. 심리적으로는 더욱 그렇다. 젊은 시절에 목표들을 하나씩 이루어 갈 때는 생각지 못했던 심리적 위축을 사람은 늙어가면서 겪게 된다. 봉우리에서 화려하게 펼쳤던 경력을 마감하고 망각과 무시의 황야로 쓸쓸히 내려가는 일은 누구에게나 힘들다. 경력이 화려할수록, 하산은 힘들다. 정치 지도자들이 권력을 놓기를 그리도 싫어하고 두려워하는 까닭이 바로 거기 있다.

2

프로스트(Robert Frost)는 이 문제를 정색하고 응시한 시인이다.

화려한 배역을 맡았던 어떤 기억도
뒷날의 무시를 보상하거나
끝이 힘든 것을 막지 못한다.

돈으로 산 우정을 옆에 거느리고
위엄있게 내려가는 것이 낫다
아예 없는 것보다는.
준비하라, 준비하라.

No memory of having starred
Atones for later disregard,
Or keeps the end from being hard.

Better to go down dignified
With boughten friendship at your side
Than none at all.
Provide, Provide.

위의 시구는 일곱 연으로 이루어진 〈준비하라, 준비하라(Provide,

Provide)〉의 마지막 두 연이다. (모든 시들은 낭송해야 제 맛이 난다. 이 시는 특히 그렇다. 프로스트는 운율을 중시하는 전통적 작시법에 따라 시를 썼으므로, 낭송하지 않으면, 그의 시의 참맛을 감상할 수 없다.) 이 시구를 그대로 프로스트의 얘기로 받아들일 독자는 드물 것이다. 시 전체로 보면, 분명히 그는 '짐짓 진지한(mock-serious)' 것처럼 얘기했다.

그래도 프로스트의 얘기는, 적어도 인용된 두 연만을 놓고서는, 진지한 얘기로 읽을 수도 있다. 그렇다, 돈으로 권력으로 또는 세속적 처세술로 산 우정을 옆에 거느리고 위엄있게 봉우리에서 내려가는 것이 낫다, 아예 없는 것보다는. 사뭇 낫다. 실제로 사람들은 모두 그렇게 믿는다. 정년 퇴임식을 초라하지 않게 치르려고 노심초사하는 사람들이 그것을 웅변보다 더 설득력있게 말해준다.

3

그러면 위엄이 전부인가? 거의 모든 이들이 선뜻 대답할 것이다, '물론 아니다' 라고. 외양이 아무리 중요하다 하더라도, 자신의 삶이 알차고 가치가 있었다는 판단은, 외양보다 중요하지 않다면, 적어도 그것만큼 중요하다. 정년퇴임식이 아무리 화려하더라도, 위선적으로 산 사람이라면, 자신이 평생 이룬 것이 별로 없다는 내면의 목소리를 어떻게 그것이 누를 수 있겠는가?

> 나는 누구와도 다투지 않았다; 누구도 내가 다툴 만한 가치가 없었으므로;
> 자연을 나는 사랑했다, 그리고 자연 다음엔 예술을;
> 나는 삶의 불에 두 손을 쬐었다;
> 그 불이 이제 사그라진다, 그리고 나는 떠날 준비가 되어 있다.

I strove with none; for none was worth my strife;

Nature I loved, and, next to Nature, Art;

I warmed both hands before the fire of life;

It sinks, and I am ready to depart.

랜도(Walter Savage Landor)의 시구에 담긴 차분한 성취감은 모두가 간절히 바랄 것이다. 랜도는 1775년에 태어나 1864년에 죽은 영국 시인이자 수필가였다. 그는 영국 문학사에서 큰 자리를 차지하는 사람은 아니다. 그러나 그는 다른 사람들에게 금전적으로 너그럽고 자신의 믿음을 실천하려 애쓴 사람이었다. 그런 성격 때문에 가족과도 소원해졌고 말년에는 불우했지만, 그런 마음에서 나온 글들은 담백한 아름다움을 지녀서 훌륭한 문인들이 높이 평가했다. 그래서 〈나는 누구와도 다투지 않았다(I Strove with None)〉에 담긴 감정이 진솔하다고 선뜻 인정할 수 있다.

4

그러나 랜도처럼 자연과 예술을 사랑한 자신의 삶에 대한 차분한 자부심으로 다가오는 죽음을 담담하게 바라볼 수 있는 사람들은 많지 않다. 보다 세속적인 일들을 추구한 사람들에게는 드물지 않게 씁쓸한 종말이 기다린다.

만일 내가 나의 왕을 위해 쏟은 열정의 반만이라도

나의 신을 위해 썼다면, 신은 나를 이 나이에 벌거벗겨

내 적들에게 넘기지 않았으리라

Had I but served my God with half the zeal
I served my King, he would not in mine age
Have left me naked to mine enemies.

〈헨리 8세(Henry VIII)〉에 나오는 이 절절한 토로는 울지(Thomas Wolsey) 추기경이 자신이 평생 봉사했던 헨리 8세에게 버림받고 죽어가면서 한 말이다. 15세기 초엽에 헨리 8세를 도와 영국 절대왕정의 기틀을 세우는 데 크게 공헌한 울지는 오랫동안 거의 절대적 권력을 누렸었다. 그 과정에서 그는 세속의 일에 깊숙이 간여한 승직자가 만날 수밖에 없는 곤혹스러운 처지로 몰렸었고, 그는 서슴지 않고 세속의 이익을 선택했었다.

(울지 추기경이 실제로 한 말은 "만일 내가 왕에게 봉사한 것처럼 열심히 신에게 봉사했다면, 신은 머리가 허옇게 센 나를 버리지 않았을 것이다 [Had I but served God as diligently as I served the King, he would not have given me over in my gray hairs]" 였다. 평범한 얘기를 잊을 수 없는 시구로 만든 셰익스피어의 솜씨를 엿볼 수 있다.)

자주 인용되는 이 시구에서 우리는 교훈을 얻어낼 수 있다. 사람은 세속의 권위가 아니라 자신의 진정한 신을 좇아야 한다. 그러나 자신의 진정한 신을 우리는 어디서 찾아야 하는가? 울지 추기경에게는 신은 물론 천주교의 신이었다. 그에게 그것만큼은 확실했다. 그러나 우리처럼 하루하루 힘들게 살아가는 세속의 필부필부에게 진정한 신은 무엇인가? 어디서 찾을 수 있는가? 그것은 우리가 늘 진지하게 성찰해야 할 화두다.

예술은 무엇을 할 수 있는가? 비참한 현실에 부딪히면, 예술가는 누구나 자신에게 이 괴로운 물음을 던지게 된다. 현실에 작용할 물질적 수단을 지니지 못한 예술은 비극과 재앙으로 가득한 이 세상에서 과연 무엇을 할 수

제 2 부
예술은 사소한 것이다

있는가? 무엇을 하려고 애써야 하나? 이 물음은 현실에 가장 직접적으로 그리고 가장 정교하게 반응할 수 있고 실제로 그렇게 해 온 전통을 지닌 문학에서 가장 절절하다. '사회 참여(engagement)' 논쟁이 늘 문학에서 가장 치열하게 벌어지는 것은 그래서 이상하지 않다.

수능 성적표를 받아든 딸에게

'산에는 산삼이 있고, 집에는 고3이 있다' 는 우스개소리가 전혀 우습지 않은 것이 고등학교 3학년 자식을 둔 부모의 마음이다. 수능 시험을 치르고서 거의 열흘 동안 우리 집에서 '뉴스' 는 수능 성적에 관한 소식을 뜻했다. '오늘은 별 뉴스가 없네요' 라는 안식구의 말은 '오늘 텔레비전 뉴스에선 수능 성적에 관해서 별다른 얘기가 없었다' 는 얘기였다.

딸아이가 수능 성적표를 받아든 날, 녀석의 성적이 괜찮게 나와서 한숨 돌리자, 생각이 녀석의 친구들에게 미쳤다. 순위를 매기는 시험에서 모두 성적이 좋기를 바라는 것은 부질없지만, 그래도 녀석들이 모두 좋은 성적을 얻었기를 바랐다.

수능 성적표를 받아 든 딸에게

그래, 이제 한숨 쉬어도 된다.

그 얇은 종이 한 장으로

변환표준점수 삼백 몇 십 점으로
세 해 가꾼 네 농사가 익었다.
점수 맞춰 학교와 학과를 고르는 그 미묘한 일이
그리고 논술도 면접도 남았지만,
힘든 경주는 일단 끝났다.
엄마의 흐뭇한 한숨이
아빠 귀에 얼마나 즐겁게 닿는지.

마라톤에선 완주한 사람들 모두
승자들이라 하지.
힘든 세 해를 견뎌내고
성적표를 받아 든 너희는 모두 승자들이다.
시험을 앞두고서 공부를 포기한 급우들이
반은 된다고 네가 말했을 때,
아빠는 얼마나 가슴이 저렸는지.
모두 성적이 예상보다 좋아서
바라는 대학에 갔으면.

그래서, 약대 간다는 지영이는
약사 되어 아픈 이들을 돌보고,
경찰학과 간다는 수민이는
제복 입고 우리 사회를 지키고.
점수 보고서 학과 고를 동무들도 모두
마음에 드는 학과를 고르고.
그리고 실업고에 간 네 중학 동창 미진이는,

맘씨 곱고 만화 좋아하던 미진이는,
좋은 일자리를 찾고.

물론 너는 야무지게 대꾸하겠지,
모두 좋은 대학 인기 높은 학과를 바라는데,
입학 시험에선 행복이 성적순인데,
아빠의 그런 기원이 무슨 소용 있느냐고.
맞다. 그런 사정을 생각하면,
부모들 마음이 막막해지지.
너희를 그렇게 괴롭히는 입시 절차에
무력한 분노를 속으로 삭히겠지.
그래도 성적은 중요하단다.

시험 점수에 가리워서
내신 성적에 마음을 쓰느라
학교는 배우는 곳이란 사실조차 잊혀졌지.
그리고 그 동안 배운 지식은
너희에겐 쓰디쓰게 느껴지겠지.
그래도, 은조야,
그 쓰디씀을 너그럽게 씻어내고
네가 세 해 동안 배운 것들을
찬찬히 들여다보아라.

그러면 아마 눈에 들어올 것이다,
그 지식들이 얼마나 아름다운가.

이 세상의 이치를 설명하는
참된 지식들은 모두 아름답단다.
그리고 쓸모가 크단다.
삶을 보람차게 살기 위해서도
살다 보면 어쩔 수 없이 저지르는 잘못들을
조금이라도 덜 저지르기 위해서도
우리는 지식이 필요하단다.

이제 너희가 대학에 가면
지겨운 시험 공부 대신
지식의 아름다움을 즐기면서
새로운 지식을 익힐 수 있겠지.
세 해 농사를 수능 성적표로 거둔 오늘
네 앞날을 그려보는 엄마 얼굴이 환하다.
지영이도 수민이도 언젠가는 미진이도
지쳐서 공부를 포기했다던 네 급우들까지도
모두 그러하기를.

예술은 사소한 것이다

"예술은 사소한 것이다." 오든(W. H. Auden)의 탄식이다. 그는 "small beer"라는 표현을 썼다. 그 위대한 시인이 중요하게 꼽은 것들은, 삼십 년 전에 읽어서 기억이 희미하지만, 가족들을 굶주리게 하지 않는 것, 친구들에게 폐를 끼치지 않는 것 따위였다.

얼마 전에 요절한 소설가 채영주의 작품들은 사소하다, 그가 뒤에 남긴 여섯 살 박이 딸아이 옆에 놓이면. 그 아이가 아버지의 작품들을 읽고서 "예술은 사소하지 않다"고 말하는 날이 오기를.

곡(哭) 채영주

상면한 건 두어 번.

책을 내면 보내고 보내온

친구라고 하긴 좀 무엇한 사이.

그렇지요, 우린?

그래 잘 있는 줄로 알았소.

새로 책도 냈다고 신문에 났길래
곧 책이 오려니 했소.
그런데 웬 날벼락이오?

채형, 부산에서 눈 감은 채형,
이형기 선생께서 부산 친구
최계락 선생께 한 얘기 아시오?
"누구나 한번은 가는 길이라 하지 말라.
갓 마흔 밖에 안 된 나이엔
그렇게 함부로 가는 길이 아니다."
그렇소.
그 나이엔 그렇게 함부로
가는 것이 아니라오.
그것도 여섯 살 난 딸아이 남기고.

소설가라는 이름으로 한데 묶인 처지,
등단할 때와 비슷한 원고료 받아
조마조마 삶을 꾸려온 사내들,
본인들이야 그렇다 치고, 채형,
어린 딸에겐 무슨 말을 남기고
눈을 감았소?

친구라 부를 수도 없는 처지
객쩍은 소리 낼 수 없어
이렇게 아파트 베란다에 서서

증산동 달동네 올망졸망한 지붕들
흐릿한 눈길로 내려다보오.

개똥밭에 뒹굴어도
역시 좋다는 이승
월드컵 경기로 떠들썩한데
차마 감지 못한 눈 부릅뜨고
어느 아득한 황천길을 가고 있을
행색 초라한 사내
당신에게 물어보느니,

채형, 그래 저승에서도
원고지 메우기를 천직으로 알겠소?

화폭 속의 봄날:
목월의 '산도화' 시편

| 1 |

전화를 받다 보면, 눈길이 앞 벽에 걸린 작은 그림에 머문다. 장인께서 남기신 소품인데, 꽃이 활짝 핀 살구나무들을 담았다.

어디 멀리 나가서 봄날의 화사한 풍경을 즐기고 싶은 마음이 스민다. 살구꽃은 흐드러지게 피었다 싶더니 이내 졌고, 이제 복사꽃이 한창이다. 내 고향 내포 지방에 같이 다녀오자고 안식구에게 제안해놓고도 바쁘다고 미룬 지 달포다. 목월(木月)의 시구가 샘물처럼 조용히 솟는다.

山은
九江山
보라빛 石山

山桃花
두어송이

송이 버는데

봄눈 녹아 흐르는
玉같은
물에

사슴이
내려 와
발을 씻는다.

| 2 |

단기 4288년 12월에 '정가 400환'을 달고 나온 목월의 첫 시집 〈산도화(山桃花)〉에 수록된 '山桃花' 세 편 가운데 첫 편이다. 단기 4291년에 나온 목월의 자작시 해설서 〈보라빛 소묘〉에는 마지막 연이 "사슴은/ 암사슴/ 발을 씻네"로 나와 있다. 어쨌든, 세월이 흐르고 사조와 미적 감각이 많이 바뀌었어도, 여전히 애송되는 시들 가운데 하나다.

'산도화' 시편은 청전(靑田) 이상범(李象範) 선생의 산수화에서 영감을 얻었다. 마지막 편에서 그 점이 밝혀진다.

靑石에 어리는
찬물소리

半은 눈이 녹은
山마을의 새소리

靑田 山水圖에

三月한나절

山桃花

두어 송이

늠름한

品을

山이 환하게

티어뵈는데

한머리 아롱진

韻詩한句.

¦ 3 ¦

화폭 속의 봄은 늘 새롭다. 흐드러지게 핀 꽃들도 흔히 무심하게 넘기는데, 화폭 속의 풍경은 묘하게 늘 아련한 그리움을 불러낸다. 이름 없는 화가였던 장인의 화폭을 새삼스러운 눈길로 살피면서, 왜 그런가 잠시 생각해본다.

혼자 말 타고 오두막 문을 두드렸더니

소녀가 나를 위해 꽃 가지 하나를 남겼네.

소녀는 말하지 않고 꽃은 말이 없느니

영웅의 마음이 실처럼 어지럽구나.

孤鞍衝雨叩茅茨
少女爲遺花一枝
少女不言花不語
英雄心緖亂如絲

일본의 유명한 한시 '타다 도우깡이 도롱이를 빌리는 그림(太田道灌借蓑圖)' 이다. 19세기 전반에 나왔는데, 누가 지은 시인지 확실하지 않다. "소녀는 말하지 않고 꽃은 말이 없네"라는 셋째 구가 특히 유명하다. 노벨 문학상을 받은 위대한 소설가 가와바타 야스나리(川端康成)가 1972년에 자살했을 때, 그가 시중 들던 처녀를 연모하게 되었는데 그녀가 그의 연정을 받아들이지 않은 것이 자살의 한 요인이었으리라는 추측이 나돌았다. 임종의 자리에서 그가 남긴 글이 바로 "少女不言花不語"였다는 얘기를 읽은 기억이 있다. 말 탄 사내와 시골 처녀의 만남은 현실에서는 평범한 장면이지만, 한번 화폭에 담기면, 문득 깊은 뜻을 담고 보는 이에게 다가온다.

| 4 |

주말이면 어디 나가야 한다는 것이 모두에게 강박관념이 된 세상인데, 비가 오락가락하면서 황사까지 겹쳤다. 그래도 평생을 시골 학교 미술 교사로 보낸 무명 화가가 몇 십 년 전에 가벼운 필치로 담아낸 봄날은 여전히 산뜻하다. '산도화' 둘째 편을 혼자 뇌어본다.

石山에는
보라빛 은은한 기운이 돌고

조용한
盡終日.

그런날에
山桃花

산마을에
물소리

지저귀는 새소리 뫼새소리
山麓을 내려가면 잦아지는데

三月을 건너가는
햇살아씨.

〈요덕 스토리〉:
예술은 무엇을 할 수 있는가?

1

예술은 무엇을 할 수 있는가?

비참한 현실에 부딪히면, 예술가는 누구나 자신에게 이 괴로운 물음을 던지게 된다. 현실에 작용할 물질적 수단을 지니지 못한 예술은 비극과 재앙으로 가득한 이 세상에서 과연 무엇을 할 수 있는가? 무엇을 하려고 애써야 하나?

이 물음은 현실에 가장 직접적으로 그리고 가장 정교하게 반응할 수 있고 실제로 그렇게 해 온 전통을 지닌 문학에서 가장 절절하다. '사회 참여(engagement)' 논쟁이 늘 문학에서 가장 치열하게 벌어지는 것은 그래서 이상하지 않다.

그 물음 앞에서 절망한 작가들은 드물지 않다. 붓밖에는 지닌 것이 없는 작가들에게 현실은 너무 거대하고 단단하다. 그렇게 절망한 작가들 가운데 하나가 '사회 참여'를 제창한 사르트르라는 사실은 어떤 뜻에선 자연스럽게 다가온다.

1968년 '문학은 무엇을 할 수 있는가' 라는 콜로키움에서 사르트르는 "배가 고파 우는 아프리카의 굶주린 아이들 앞에서 내 〈구토〉는 한 조각의 빵의 무게도 나가지 못한다"라고 개탄합니다. 이에 대해서 장 리카르두는 "어떻게 빵과 문학 작품을 같은 저울에 놓을 수 있느냐"고 반박하면서 문학은 "배고픈 아이에게 빵을 주는 것이 아니라 우리가 사는 세상에 배고픈 아이가 존재한다는 사실을 추문으로 만드는 것"이라고 공박합니다.

김치수, 〈문학의 목소리〉

그렇다, 예술의 기능은 이 세상에 존재하는 불의를 추문으로 만드는 것이다. 그리고 그것은 보기보다 훨씬 중요하다. 불의한 질서가 무너지려면, 먼저 그것이 추문이 되어야 한다.

2

〈요덕 스토리〉는 북한의 요덕 강제수용소의 지옥 같은 삶을 다룬 뮤지컬이다. 공산주의 러시아와 민족사회주의 독일이 완성한 뒤로, 강제수용소는 전체주의 국가의 상징이 되었다. 그래서 요덕 강제수용소는 북한 사회를 가장 잘 상징한다.

그러나 우리는 〈요덕 스토리〉가 북한 사회를 추문으로 만든다고 말할 수는 없다. '추문' 이라는 말을 적용하기엔 북한 사회의 악은 너무 깊고 거대하다. 그 지옥에서 벌어지는 일들을 어떻게 '추문' 이라고 말할 수 있겠는가?

〈요덕 스토리〉가 추문으로 만드는 것은 실은 북한 주민들의 실상을 잘 알면서도 이 불행한 사람들을 외면하는 우리 시민들의 마음 상태다. 〈요덕 스토리〉는 깊고 거대한 악을 우리 마음이 받아들일 수 있는 모습으로 만들어 우리 앞에 내놓는다. 덕분에 우리의 무뎌진 감수성이 되살아난다. 더러 서툰 구석들이 눈에 들어오고 전체적으로도 덜 다듬어졌다는 느낌을 주는 이 작품은 우리 마음을 느닷없이 일깨우고 우리의 몽롱한 윤리 의식을 새롭게 한다. 그것이 예술의 힘이다.

고향 이야기

1

고향을 생각할 때, 우리가 먼저 받는 느낌은 '오래됨' 이다. 고향(故鄕)이란 말에 바로 '오래됨' 이라는 뜻이 들어있다. 그리고 고향의 기억들은 대체로 오래 된 날들과 관련된 것들이다.

그러나 고향은 실은 아주 근자에 나타난 것이다. 인류가 나타나서 진화해 온 수백만 년 동안, 사람들은 태어난 곳에서 작은 집단을 이루어 살았고 거기서 죽었다. 자기들이 사는 지역에서 벗어나 멀리 나가 본 사람들은 드물었다. 자연히, 수백만 년 동안 살았던 사람들은 거의 모두 고향이, 즉 자신이 태어났으나 뒤에 떠난 곳이, 없었다.

고대 문명들이 일어나서 도시들이 생기자, 비로소 자신이 태어난 곳을 떠나 먼 곳으로 이주한 사람들이 나왔고, 그래서 비로소 '고향' 이란 개념이 생겼다. 그러나 그러한 사람들의 비율은 아주 작았다. 대부분의 사람들은 자신들이 태어난 마을에서 평생을 살았고 이웃 마을 너머로 나간 적이 드물었다. 먼 곳을 찾아갈 경제적 필요성이 없었고 그렇게 할 여유도 없었다. 관광은 현대 이전엔 어느 사회에서나 소수의 지배계층만이 누린 사치였다. 그리고 권력은 주민들의 이동을 싫어해서 적극적으로 막았다. 들끓는 도둑들과 해적들은 그런 금지를 강화했다. 무엇보다도, 철도가 나오기 전엔 쉽고 믿을 만한 교통 수단이 없었다. 그런 사정은 서양에선 산업혁명으로 사회가 갑자기 발전했을 때까지 그리고 동양에선 개항 때까지 이어졌다.

| 2 |

이처럼 고향에 대한 뚜렷한 인식과 향수의 경험은 대체로 현대적 현상이다. 고향은 우리에게 다른 어떤 곳보다도 자연스럽게 다가오고, 그래서 우리는 늘 고향을 당연한 것으로 여긴다. 그러나 고향이 아주 근자에 나타난 것이라는 사실은 우리가 고향을 당연한 것으로만 여길 것이 아니라 깊이 살필 만한 주제임을 말해준다.

고향과 관련해서, 우리에게 당연하게 다가오지만 실은 찬찬히 살필 만한 점은 우리가 고향에 대해 그리도 친근한 감정을 품는다는 사실이다. 우리는 고향에 대해 아주 깊은 정을 품고 늘 고향의 포근함을 그리워한다. 고향을 일찍이 가족과 함께 떠난 이들도 고향에 대해서 평생 그러한 감정을 품는다. 힘든 처지에 놓이거나 어려운 선택을 해야 할 때, 사람들은 거의 본능적으로 고향을 찾는다. "중대한 결심"을 하기 전에 고향 선영을 찾아 뵙는 사람들은 정치인들만이 아니다. 그리고 이북에서 내려온 분들의 모습은 고향을 찾지 못하는 처지가 얼마나 아픈가 우리에게 가르쳐준다. 사람이 고향에 대해서 지닌 그렇게 깊은 감정적 유대는 분명히 물질적 바탕이 있을 터이다.

이제 널리 알려진 것처럼, 사람의 몸과 마음은 그의 유전자들 안에 든 정보들에 따라 만들어진다. 그런 정보들을 구체화하는 데 필요한 물질을 제공하는 것은 환경이다. 그래서 타고난 유전자들과 어릴 적 환경 사이의 상호작용이 사람을 만든다. 즉 '선천(nature)' 과 '후천(nurture)' 의 협력 속에서 우리는 태어나고 자라난다. 그리고 어릴 적 환경이 바로 고향이다. 우리 고향은 우리를 말 그대로 '만든' 것이다. 바로 거기에 우리가 고향에 대해서 그리도 깊은 감정적 유대를 품은 까닭이 있다. 처음 만난 사람에게 우리가 맨 먼저 고향을 묻는 까닭도 바로 거기에 있으니, 고향은 한 사람에 관해서 중요한 정보들을 여럿 알려준다.

3

사정이 그러하므로, 어떤 사람이 들려주는 고향 이야기는 본질적으로 그의 어릴 적 환경이 그의 몸과 마음을 빚어낸 과정을 그 자신의 관점에서 바라본 것이다. 그것이 고향 이야기들이 대체로 다른 이야기들보다 훨씬 흥미로운 까닭이다. 어떤 사람의 고향 이야기에서 우리는 그가 태어나서 자라난 환경이 그의 몸과 마음을 다듬어내는 모습을 아주 세밀하고 생생하게 살필 수 있다. 그런 세밀화(細密畵)는 다른 방식으로는 도저히 따라잡을 수 없는 특질들을 여럿 지녔다.

일란성 쌍둥이들을 빼놓고는, 사람들은 모두 독특한 유전자들을 지녔고 자라난 환경들도 서로 다르다. 따라서 사람들의 고향들은 당연히 그 모습들이 서로 다르다. 그래도 환경이 한 사람을 수태된 순간부터 태어나고 자라날 때까지 다듬어내는 과정엔 몇 가지 일반적 특질들이 있다. 그런 일반적 특질들을 찾아낼 수 있다면, 거기서 얻은 지식과 지혜는 사람 마음과 인간 사회의 생김새와 움직임을 이해하는 데 소중한 도움이 될 것이다.

사람이 '사회적 동물' 이므로, 한 사람의 환경에서 가장 중요한 요소는 그가 어울리는 사람들이다. 자연히, 한 사람의 고향 이야기에서 가장 중요하고 흥미로운 부분은 다른 사람들에 관한 이야기들이다. 특히 부모, 형제, 가까운 친족, 선생, 그리고 영향력이 있는 마을 어른들이 그에게 준 영향들에 관한 이야기들은 흥미롭고 유익하다.

데포의 〈로빈슨 크루소〉

1

나와 나이가 비슷한 사람들이 모이면, 얘기가 흔히 어릴 적 배고팠던 일로 흐른다. 지독한 배고픔은 소년 시절에 '6.25 전쟁'을 겪은 세대들을 하나로 묶는 경험이다. 자연히, 그런 얘기는 되풀이해도 재미있다. 그래서 자식들한테 "또 그 애기"라는 핀잔을 듣지만.

내가 지닌 배고픔의 기억은 그러나 내 몸이 느꼈던 배고픔에 관한 것만은 아니다. 거의 그것만큼 컸던, 아니 이제는 오히려 더 컸던 것처럼 생각되는 배고픔이 있으니, 바로 내 마음이 느꼈던 읽을 거리에 대한 배고픔이다.

우리 집안이 피난가서 눌러앉은 곳은 칠갑산 아래에 자리잡은 아주 깊은 산골이었다. 그 마을엔 책이 드물었고 아이들이 읽을 만한 책은 거의 없었다. 그래서 나는 마실가면 으레 나보다 나이 많은 아이들의 교과서들을 들춰보곤 했다. 읽을 거리에 굶주렸던 내겐 교과서들도 아주 흥미로웠다. 특히 사회 교과서는 재미있었다.

2

그 시절 학생들에게 크게 환영받은 잡지는 '학원' 이었다. 모든 학생들에게 사랑받고 큰 영향을 미쳤다는 점에서, 우리 세대는 '학원 세대' 라고 불려질 만하다. 정비석 선생의 〈홍길동전〉은 특히 인기가 높았다. 내가 섭취한 문학적 자양에서 그 작품은 큰 몫을 차지한다.

학원사에선 그 잡지 말고도 소년들을 위해 외국 작품들을 간추려서 번역한 문고를 냈다. 어쩌다 노랑 표지를 한 그 책을 한 권 손에 넣었을 때의 환희라니. 책을 사라고 돈을 줄 만한 어른이 없었던 터라, 내가 그런 책을 얻는 길은 어쩌다 생기는 용돈을 모아서 사는 것뿐이었다. 그래서 나는 구내 매점의 도넛 생각에 마른 침이 고이는 것을 참아가면서 책을 사보았다. 말 그대로 정신적 자양을 위해 육체적 자양을 줄였던 셈이다.

3

그렇게 어렵사리 구해서 읽은 책들 가운데 가장 재미있었던 것은 〈로빈슨 크루소(Robinson Crusoe)〉나 〈바다 밑 이만 리〉와 같은 모험 소설들이었다. 대니얼 데포(Daniel Defoe)의 〈로빈슨 크루소〉는 특히 재미있었다.

중학교 2학년 때였는데, 어찌나 재미있었던지, 저녁 먹고서 읽기 시작했는데, 잘 때가 되어도 놓을 수가 없었다. 그때는 두 방 사이의 벽에 구멍을 내고서 전등 하나를 달아놓아 두 방을 함께 밝히던 시절이었다. 자연히, 전등은 일찍 꺼지게 마련이었다. 궁리 끝에 나는 몰래 손전등을 들고 이불 속으로 들어갔다. 어른들이 아셨으면, 손전등 '약' 을 닳게 한다고 불호령이 내렸을 터였다. 소리를 내지 않으려 애쓰면서 이불을 둘러쓰고 손전등으로 비춰가면서 밤을 새워 그 책을 다 읽은 기억은 지금도 가장 흐뭇하고 그리운 추억들 가운데 하나다.

지금 청소년들은 대부분 〈로빈슨 크루소〉를 읽을 터이지만, 그 책을 아직 읽지 않은 이들에겐 선뜻 권하고 싶다. 무엇보다도, 재미있다. 그리고 난파한 배에서 살아남은 선원이 혼자서 외딴 섬에서 살아가는 이야기를 통해서, 우리는 우리를 낳은 사회와 문명의 모습을 또렷이 볼 수 있다.

| 4 |

이 작품의 온전한 이름은 〈로빈슨 크루소의 삶과 이상하고 놀랄 만한 모험들(The Life and Strange Surprising Adventures of Robinson Crusoe)〉이며 1719년에 나왔다. 이 작품의 내용은 실제로 난파해서 무인도에서 산 뱃사람들의 경험들에 바탕을 두었는데, 특히 중요한 것은 스코틀랜드 사람 앨릭잰더 셀커크(1676~1721)의 경험이었다. 그는 1704년에 태평양을 항해하다가 선장과 다투고 스스로 칠레 서쪽 남태평양의 무인도인 환 퍼넌디스 제도에 내려서 1709년에 다른 배에 의해 구출될 때까지 다섯 해 동안 혼자 살았다.

〈로빈슨 크루소〉는 나오자마자 큰 성공을 거두었고, 데포는 속편을 둘 썼다. 그래서 〈로빈슨 크루소〉는 세 편 모두를 뜻하기도 한다. 그러나 속편들은 첫 편만 못하고 책을 구하기도 힘들다.

데포는 영국의 소설가이자 정치 평론가였다. 1660년에 태어나 1731년에 죽기까지 많은 글들을 썼다. 소설로는 〈몰 플랜더스(Moll Flanders)〉와 〈역병이 돈 해의 일기(The Journal of the Plague Year)〉가 이름이 있다.

하이에크의 〈노예의 길〉

| 1 |

20세기 전반은 전체주의가 득세한 시대였다. 러시아의 공산주의 혁명이 성공했고 이어 이탈리아와 독일에서 민족사회주의(national socialism) 정당들이 집권했다. 당시 대부분의 지식인들은 전체주의의 성격에 대해 알지 못했고 그럴 듯한 외양에 매료되었다. 공산주의는 "인류의 미래"로 일컬어졌으며, 민족사회주의는 퇴폐한 자유주의 문명과 위험한 공산주의에 대한 대안으로 여겨졌다.

소수의 자유주의 지식인들만이 전체주의의 성격을 깨닫고 그것이 문명 사회에 제기하는 심각한 위협을 지적했다. 그런 사람들 가운데 전체주의의 본질을 잘 설명해서 자유주의를 지키는 데 두드러진 공헌을 한 이는 오스트리아 경제학자 프리드리히 하이에크(Friedrich Hayek)다. 그는 노벨 경제학상을 받았을 만큼 경제학에 대한 공헌도 컸지만, 그가 널리 추앙받는 가장 큰 까닭은 바로 그런 업적 때문이다. 특히 1944년에 씌어진 〈노예의 길(The Road to Serfdom)〉은 전체주의의 성격과 위협을 유창하게 설명한 고전이다.

| 2 |

그는 먼저 전체주의가 내세우는 '계획 경제' 가 개인들의 자유를 앗아가고 모든 권력을 소수의 '계획자들' 에게 집중시키는 이유와 과정을 설명한다. 무릇 사람들의 관심과 지식은 그들의 삶에 직접 관련된 일들에 국한되므로, 어떤 사회적 논점에 대해서 상당한 지식과 뚜렷한 견해를 가진 사람들은 아주 드물다. 자연히, 사회엔 어떤 논점에 대해서 시민들의 합의가 이루어진 상황은 실질적으로 존재하지 않는다. 쉬지 않고 나오는 논점들에 대해서 시민들의 합의를 구하는 일은 현실적으로 불가능하므로, 계획에 참여한 소수는 어쩔 수 없이 자신들의 결정들을 계획에 반영하게 된다.

권력을 쥔 소수의 이런 일방적 결정은 당연히 다른 시민들의 의견이나 이익과 부딪친다. 그러나 '계획자들' 은 그런 시민들의 판단을 받아들일 수 없다. 사회의 운영에 필요한 계획은 방대하므로, 일관성을 유지하는 일이 애초부터 힘든데, 이익과 생각이 다른 시민들의 뜻을 받아들이면, 일관성있는 계획을 세울 수가 없다. 그래서 뜻이 다른 시민들도 계획자들의 결정들을 따르도록 강요된다.

| 3 |

하이에크는 사회주의가 처음부터 드러내놓고 권위주의적이었음을 일깨워준다. 현대 사회주의의 바탕을 놓은 프랑스의 사회주의 사상가들은 자신들의 이념과 정책이 전제적 정부에 의해서만 실행될 수 있다고 공언했다. 계획 경제의 청사진을 처음 마련한 생시몽(Saint-Simon)은 그가 제시한 '계획청' 에 복종하지 않는 자들은 "가축처럼 취급될" 것이라고 예언했다. 그리고 공산주의와 민족사회주의의 역사

는 그런 예언이 정확했음을 보여주었다.

이어 하이에크는 파시즘과 나치즘과 같은 민족사회주의의 뿌리가 사회주의임을 설득력있게 보여준다. 당시엔 많은 사람들이 민족사회주의를 '우파' 로 여겼다. (불행하게도, 이런 오류는 아직도 널리 퍼졌다.) 이 심각한 오류는 이탈리아의 파시즘과 독일의 나치즘이 집권하는 과정에서 자신들을 공산주의의 위협을 막는 보루라고 선전한 데서 비롯했고, 2차대전 뒤 소련의 선전기구에 의해 조장되었다.

그러나 민족사회주의는 사회주의에서 나왔고 공산주의와 민족사회주의 사이엔 이념과 정책에서 별다른 차이가 없다. 둘 다 자유주의 이념과 자본주의 체제를 반대하고 그것들을 전체주의 이념과 '계획경제' 체제로 바꾸는 것을 목표로 삼는다. 민족사회주의의 지도자들과 추종자들이 원래 극렬한 사회주의자들이었다는 사실은 잘 알려졌다.

요즈음 우리 사회에선 전체주의의 조류가 부쩍 높아졌다. 그러나 전체주의적 요소들을 실제로 판별하는 일은 쉽지 않으며, 자유주의와 전체주의에 관한 지식들이 필요하다. 그런 지식을 얻는 데는 반 세기 전에 씌어진 〈노예의 길〉보다 나은 책이 드물다.

좋은 참고서의 중요성

| 1 |

수능 시험도 끝났으니, 조금 지나면 신입생들은 대학에서의 공부를 위해 여러 가지 준비들을 할 것이다. 고등학교에선 주어진 물음들에 대한 답들을 다른 사람들이 가르쳐주었다. 대학에선 그런 답들을 학생들이 흔히 스스로 찾아야 한다. 그 일에선 좋은 참고서(reference book)들을 갖추는 것이 큰 도움이 된다.

이 조언은 실은 과학소설 작가 아이적 애시모프(Isaac Asimov)가 한 것이다. 그는 생전에 500권이 넘는 책들을 썼는데, 좋은 참고서들을 가까이 둔 것이 글을 쓰는 데 큰 도움이 되었다고 했다.

| 2 |

참고서들 가운데 가장 기본적인 것은 물론 '조선어 사전'이다. 대학에 들어가면, 휴대용 국어 사전과 함께 두툼한 탁상용 사전을 갖추어야 한다. 인문학을 전공하려는 젊은이들에겐 '고어 사전'을 권하고

싶다. 유창돈의 〈이조어사전〉과 같은 고어 사전을 뒤적이다 보면, 얻는 것들이 많다. '자전(字典)' 으로는 민중서관의 〈한한대자전〉이 실용적이다.

영어가 워낙 중요하므로, 영어 사전은 여러 권 갖추는 것이 바람직하다. 휴대용 '영영한사전' 과 탁상용 '영한 사전' 은 기본 장비들인데, '영영한사전' 으로는 〈혼비 영영한사전〉이 좋다. 야심찬 젊은이들은 실용적인 '웹스터 영어 사전' 을 갖출 만하고, 영어 실력이 늘면서, '유어집(thesaurus)' 의 필요성을 느낄 것이다. 얄팍한 영어 사전은 여학생들에겐 우아한 장신구 노릇도 할 터인데, 〈Oxford Keys〉를 추천하고 싶다. 하긴 이제는 전자 사전이 나와서, 사정이 많이 달라졌다.

우리 나라에서 나온 백과사전들 가운데 하나를 갖추고 나면, 〈브리태니커〉에 눈길을 주어야 한다. CD보다는 책이 좋고, 오래 전에 나온 것일수록 좋다. 오래 전에 나온 판일수록 항목들이 적어서 기사들의 내용이 충실하다. 최근 기사들은 계속 보완되는 전자백과사전으로 찾는 것이 좋은데, Microsoft의 〈Encarta〉는 평판이 높다. (아쉽게도, 이 멋진 백과사전은 우리 나라에선 유통되지 않으므로, 미국에 사는 친지들에게 부탁해야 한다.)

다음엔 전공 분야의 백과사전 차례다. 자연과학도들에겐 〈McGraw-Hill Encyclopedia of Science and Technology〉를, 인문학도들과 사회과학도들에겐 Macmillan의 〈International Encyclopedia of the Social Sciences〉나 Oxford: Elsevier의 〈The International Encyclopedie of the Social and Behavioral Sciences〉를 권하고 싶다. 이런 백과사전들은 물론 학교 도서관에 비치되었지만, 무릇 책들은 중요한 곳에선 밑줄을 그을 수 있어야 온전히 자기 것이 된다. 값이 무척 비싸므로, 여유가 있는 학생들만이 갖출 수 있다는 것이 문제이긴

하다.

글을 쓰는 사람들에게 무척 성가신 것이 외국 사람들의 이름이나 지명과 같은 고유명사들의 발음이다. 그래서 기회가 닿으면, 인물사전과 지리사전을 갖추는 것이 좋다. 인문학도들과 사회과학도들은 갖가지 '연표' 들을 모아두는 것도 긴요하다. 좋은 연표들은 글 쓰기의 속도를 크게 높여준다.

3

좋은 참고서들은 마르지 않는 샘물처럼 늘 지적 즐거움을 준다. 그리고 그것들을 잘 쓸 줄 아는 사람들에겐 뜻밖의 선물들도 준다. 그런 선물들 가운데 하나는 '스스로 좋은 물음을 던질 줄 아는 능력' 이다.

입시 위주의 교육을 받은 터라, 우리 학생들은 모두 주어진 물음에 대한 답을 찾는 일이 가장 중요한 지적 활동이라는 생각을 지녔다. 창조적 노력에서 결정적으로 중요한 것은 주어진 물음에 대한 답을 찾는 능력이 아니라 스스로 물음을 던지는 능력이다. 풍요로운 결과를 약속하는 주제를 고르는 일에서부터 새로운 각도에서 문제를 살피는 일에 이르기까지, 창조적 노력의 모든 단계들을 떠받치는 것은 스스로 물음을 던질 수 있는 능력이다. 자료들이 체계적으로 집적된 참고서들은 그런 물음들을 찾기에 더할 나위 없이 좋은 곳이다.

독자들에게 친절한 교과서

1

얼마 전에 갓 대학에 입학한 딸아이가 내 책상 위에 제 공책을 펴놓았다. 거기엔 수학 공식들이 빽빽이 쓰여 있었다. 녀석은 그것들 가운데 하나를 가리키면서 잘 모르겠다고 했다.

물론 나도 그것이 무슨 뜻인지 몰랐다, 대학에서 수학 문제와 씨름한 지 마흔 해가 지났으니. 나는 고개를 저으면서 녀석에게 교과서를 보자고 했다.

녀석이 가져온 교과서는 〈미분적분학과 벡터해석〉이란 책이었다. 제1장은 '함수의 극한과 연속' 이었는데, 먼저 '함수와 실수' 라는 소제목 아래 설명이 나와 있었다.

"기하학적인 또는 과학적인 현상을 수학적으로 분석함에 있어서 중요한 열쇠는 그 현상을 나타내는 변수들간의 관계를 올바로 인식하는 것이다."

어려운 얘기는 아니었지만, 마음을 모아서 천천히 따져야 이해가 되는 문장이었다. 다음에 나온 설명도 비슷했다. 그런데 아무리 찾아봐도, 미적분이라는 주제에 대한 설명은 없었다.

퍼뜩 짚이는 것이 있었다. 그래서 녀석에게 물었다, "너 지금 미적분을 왜 배우는지 아니?"

녀석이 고개를 저었다.

나는 다시 물었다, "그럼 미적분이 어디 쓰이는지는 아니?"

역시 도리질.

"선생님이 그런 얘기를 안 해주시든?"

"응." 녀석이 고개를 끄덕였다.

"미적분이 어렵니?"

"그럼. 뭐가 뭔지 모르겠어."

2

며칠 뒤 나는 녀석의 대학 안에 있는 서점으로 나갔다. 그리고 영어로 쓰여진 미적분학 교과서들 가운데 설명이 길고 그림이 많은 것을 골랐다.

그 책을 보더니, 딸아이는 얼굴이 굳어졌다. 수학도 어려운데, 영어로 된 수학책이라니!

나는 녀석을 달랬다. "봐라, 어떤 학문이든지, 그것이 무엇에 관한 것이고 어디 쓰이는지 알아야, 제대로 배울 수 있는 거다. 재미도 있고. 미적분이 어떤 학문이고 어디 쓰이는지도 모르면서, 그저 외우고 문제를 푸는 것만 하면, 힘만 들고 제대로 배우지도 못한다. 영어로 쓰여진 교과서들은 그런 사항들에 관해서 아주 친절하게 설명을 해놓거든. 그러니 나랑 이 책을 읽어보자. 첫머리만 읽자. 그 다음엔 네가 선택해라, 더 읽을 것인가, 덮어둘 것인가."

그렇게 해서 미적분학을 모르는 딸과 더 모르는 애비가 함께 영어로 쓰여진 미적분학 교과서를 놓고 공부하기 시작했다. 그저 《Calculus》라는 이름을 단 책이었다. 그러나 내용은 아주 자세하고 친절했다. 먼저 나온 것은 '소개(Introduction)' 였는데 여섯 페이지나 되었다. 무엇보다도, 천연색 그림들이 많이 나와서, 마음을 가볍게 했다. 첫 페이지엔 아르키메데스의 초상이 나와 있었다. 미술에 흥미가 많은 딸아이는 그림들이 많은 게 좋아서, 얼굴이 좀 풀렸다. '미적분학: 오래 된 뿌리에서 나온 새 지평(Calculus: A New Horizon From Ancient Roots)' 이라는 부제가 있었고 그 아래에 미적분학에 대한 설명이 이어졌다.

"때로 "변화의 수학"이라고 불리는 미적분은 한 변수의 변화가 다른 변수의 변화와 관련된 자세한 사정을 기술하는 일과 관련된 수학의 분야다. 거의 모든 인간 활동에서 우리는 두 가지 형태의 변수들을 만난다: 우리가 직접 통제할 수 있는 것들과 그렇게 할 수 없는 것들. 다행스럽게도, 우리가 직접 통제할 수 없는 변수들은 흔히 우리가 통제할 수 있는 변수들에 어떤 방식으로 반응한다. 예를 들면, 차의 가속은 우리가 엔진으로 들어가는 가솔린의 흐름을 통제하는 방식에 반응하고, 어떤 경제의 물가상승률은 정부가 통화량을 통제하는 방식에 반응하고, 사람의 혈액 속의 항생제 수준은 의사가 낸 처방의 양과 시기에 반응한다. 우리가 직접 통제할 수 없는 변수들이 우리가 통제할 수 있는 변수들에 반응하는 방식을 양적으로 이해함으로써, 우리는 우리의 환경의 움직임에 관해 예측을 하고 그것을 어느 정도 다룰 수 있게 되기를 희망할 수 있다. 미적분은 이 목적에 쓰이는 기본적인 수학적 도구들 가운데 하나다.

Calculus, sometimes called the "mathematics of change", is the branch of mathematics concerned with describing the precise way in which changes in one variable relate to changes in another. In almost every human activity we encounter two types of variables: those that we can control directly and those that we cannot. Fortunately, those variables that we cannot control directly often respond in some way to those that we can. For example, the acceleration of a car responds to the way in which we control the flow of gasoline to the engine, the inflation rate of an economy responds to the way in which the national government controls the money supply, and the level of antibiotic in a person' s bloodstream responds to the dosage and timing of a doctor' s prescription. By understanding quantitatively how the variables we cannot control directly responds to those that we can, we can hope to make predictions about the behavior of our environment and gain some mastery over it. Calculus is one of the fundamental mathematical tools used for this purpose."

여기까지 읽고 나서, 나는 딸아이의 얼굴을 살폈다. "이제 미적분이 무엇인지 좀 알겠니?"

녀석이 고개를 살짝 끄덕였다. "조금…"

"그거 봐라. 수학이 마냥 어렵기만 한 건 아냐. 그리고 영어도 아주 어렵진 않지?"

녀석은 고개를 갸웃한 채 대꾸가 없었다.

다음엔 '오늘날의 미적분' 이라는 소제목 아래 두 페이지에 걸쳐 미적분이 쓰이는 곳들에 대한 설명이 나왔다. 이어 '미적분의 뿌리' 와 '미적분의 발견' 이라는 소제목들 아래 미적분의 역사가 나왔다.

거기까지 읽고 나서, 나는 딸아이에게 말했다, "어때? 재밌지?"

녀석이 싱긋 웃었다. "학교에서 배우는 것보다는…"

일단 녀석이 흥미를 느꼈다는 것이 나는 흐뭇했다. 다음엔 미적분을 발견한 뉴튼과 라이프니츠의 삶과 업적이 소개되어 있었다. "바쁘니까, 이건 건너뛰자."

녀석이 뉴튼과 라이프니츠의 사진을 살피더니, 내 얼굴을 흘긋 쳐다보았다. "읽어보고 싶은데…"

그래서 부녀는 뉴튼의 전기를 읽기 시작했다. 수학과 직접 관련된 내용이 아니어서인지, 녀석은 아까보다 훨씬 흥미를 보였다.

3

딸아이가 학교에서 배우는 교과서와 영어로 쓰여진 교과서는 그렇게 달랐다. 하나는 대뜸 함수라는 개념을 내밀었고, 다른 하나는 여섯 페이지에 걸쳐 미적분에 대한 친절하고 자세한 소개를 먼저 했다. 그 차이는 보기보다는 크다. 그렇지 않아도 '수학은 어렵다' 라는 고정관념을 가진 학생들에게 어렵고 딱딱한 내용을 들이밀면, 학생들은 흥미를 느끼기 어렵다. 그리고 미적분이라는 학문은 본질이 무엇이고 역사적으로 무슨 문제들을 풀기 위해 생겨났고 어떻게 발전되어 왔으며, 지금은 어떤 곳들에 쓰이는지 알아야, 그것을 제대로 배워서 쓸 것 아닌가?

교과서의 독자들은 대부분 해당 주제에 대해 알고자 하는 초보자들이다. 전문가들이 자기 분야의 교과서를 펴보는 경우는 흔치 않을 터이다. 따라서 교과서는 독자들이 해당 주제에 대해 전혀 모른다는 가정 아래 쓰여져야 한다. 좋은 비유는 외국인들을 위한 거리의 안내판이다. 거주자들에겐 아주 사소하거나 상식적인 사항들도 외국인들에겐 낯선 것들이다. 교과서 저자들은 초보자들에겐 당연한 것이 하나도 없다는 점을 늘 기억해야 한다.

안타깝게도, 일반적으로 얘기해서, 우리 사회에서 나온 교과서들은 독자들에게 친절하지 못하다. 다루어진 분야에 대한 소개도 소략하고, 해당 분야에 관한 지식이 없는 독자들도 혼자서 읽고 배울 수 있도록 쉽고 친절하게 설명하지 않고, 독자들이 흥미를 느끼도록 만들려고 애쓰지도 않는다. 거의 모든 교과서들이 내용을 요약해 놓고 끝내서 맛도 없고 재미도 없다. 그래서 새로운 분야에 관해서 공부하려고 마음 먹었다가, 낙심하거나 흥미를 잃고서 그만둔 사람들이 많을 것이다. 눈에 잘 뜨이지 않지만, 이런 사정에서 나오는 사회적 손실은 무척 클 터이다.

우리 사회의 교과서들이 대부분 그렇게 맛도 멋도 없게 된 근본적 까닭은 우리 사회의 척박한 문화적 풍토다. 시장도 좁고, 훌륭한 필자들도 드물고, 외국에서 나온 좋은 교과서들과 경쟁하기 어렵고, 그나마 학생들은 교과서들을 사지 않고 복사를 하는 것을 당연한 관행으로 여긴다. 게다가 교과서들이 실질적으로는 시험 준비를 위한 책들로 쓰여지기 때문에, 대부분의 독자들은 길고 자세한 설명보다는 요점들만 뽑아놓은 책들을 찾는다.

| 4 |

사정이 그렇기는 하지만, 우리 교과서들을 열악하게 만든 직접적 원인은 교과서의 기능과 중요성에 대한 인식의 부족이다. 실제로 교과서에 대한 편견과 경멸을 스스럼없이 드러내는 학자들이 드물지 않다. 좋은 책들을 뽑아 상을 주는 일에 심사위원으로 참여해보면, 심사 기준에 아예 '교과서는 제외한다'는 조항이 들어간 경우도 있다.

교과서는 '어떤 주제의 원칙들과 어휘를 체계적으로 기술한 책'을 뜻한다. 따라서 교과서들은 그 사회의 '공식적 지식 체계'를 독자들에게 제시한다. 바로 거기에 교과서의 근본적 중요성이 있다. 공식적 지식 체계는 한 사회에 존재하는 가장 풍부하고 체계적인 지식 체계이며 사회의 구성과 움직임을 이해하는 데 필수적이고 효과적이다. 어떤 대체적 지식 체계도 공식적 지식 체계에 비길 만큼 풍부하고 체계적이지 못하다. 자연히, 좋은 교과서들이 존재하는 사회에선 시민들이 사회의 구성과 움직임을 잘 이해하게 된다.

교과서들은 또한 재발견의 위험을 줄인다. 이미 남들이 발견해서 잘 다듬어놓은 지식을 혼자 애써서 원시적 형태로 얻는 일처럼 딱한 일도 드물다. 지식의 발전과 축적이 점점 가속되는 지금, 재발견에서 나오는 개인적, 사회적 손실은 점점 커질 수밖에 없다. 재발견을 피하려면, 지식이 뻗어나가는 맨 앞쪽으로 가장 빨리 가는 길을 찾아야 한다. 그 일에서 교과서는 가장 좋은 길잡이다.

| 5 |

교과서의 기능과 중요성에 대한 인식의 부족은 교과서를 쓰는 일을 지적 수준이 낮은 일로 여기는 사회적 편견을 낳았고, 좋은 교과서들을 쓰는 데 필요한 지적, 물질적 투자를 어렵게 만들었다. 그러나 교과서를 쓰는 일은 중요할 뿐 아니라 지적으로도 흥미로운 일이다. 이 점

은 새로운 학설의 소개에서 잘 드러난다. 일반적으로, 교과서의 저자는 자신의 주장들을 되도록 내세우지 않고 대신 여러 학설들을 비교적 객관적으로 소개해야 한다. 그러나 그런 사정이 창조적 노력의 여지를 아예 없애는 것은 아니다.

1948년 미국 매서추세츠 공과대학(MIT)의 경제학 교수 폴 새뮤얼슨(Paul Samuelson)이 〈경제학(Economics)〉을 출간했다. 당시 새뮤얼슨은 이미 경제학의 여러 분야들에서 창조적 업적을 쌓아 큰 명성을 얻은 터였다. 그러나 '경제 원론' 강의를 맡게 되자, 그는 새로운 교과서를 쓰기로 했던 것이다. 그의 〈경제학〉은 큰 화제가 되었고, 여러 언어들로 번역되었고, 역사상 가장 많이 팔린 경제학 교과서가 되었다. 그리고 그 뒤에 나온 경제학 교과서들은 모두 새뮤얼슨의 〈경제학〉의 체제를 따랐다. 시카고 대학 교수였던 조지 스티글러(George Stigler)는 "새뮤얼슨 교수가 명성을 얻더니 재산까지 얻으려 한다"고 말했다. (새뮤얼슨은 1970년에 노벨 경제학상을 받았고, 스티글러는 1982년에 받았다.)

새뮤얼슨의 〈경제학〉은 여러 모로 혁명적인 교과서였다. 경제학에 대해서 아는 것이 거의 없는 학생들도 어렵지 않게 따라갈 수 있도록 친절하게 설명했고, 내용이 흥미로웠고, 경제학의 모든 분야들을 다루면서도 체계적이었다. 그러나 그 교과서의 가장 혁명적인 면모는 경제학 입문서에 케인즈 이론(Keynesian theory)을 도입했다는 사실이었다. 당시엔 케인즈(John Maynard Keynes)의 이론이 아직 이단으로 여겨지던 때였다. (케인즈의 〈고용, 이자 및 화폐에 관한 일반 이론(The General Theory of Employment, Interest, and Money)〉은 1936년에 나왔다.) 그런 이론을 막 경제학을 배우기 시작한 학생들을 위한 교과서에 싣다니! 당연히 〈경제학〉은 경제학계에 큰 충격을 주었고, 새뮤얼슨의 높은 명성이 아니었다면, 아마도 교재로 널리 채택되지 못했을 것이었다.

그 뒤로 국제 회의에 참석한 경제학자들은 흔히 발견하곤 했다, 그들 사이의 유일한 공통점은 새뮤얼슨의 〈경제학〉으로 경제학 공부를 시작했다는 것임을. 그래서 어떤 경제학자들은 말한다, 새뮤얼슨의 〈경제학〉은 그의 중요한 연구들의 부산물이 아니라, 세계의 경제학자들에게 공통의 경제학 언어를 마련해주었다는 점에서, 그의 가장 중요한 업적이라고.

| 6 |

새뮤얼슨의 〈경제학〉은 교과서가 얼마나 중요하며 좋은 교과서를 쓰는 일이 얼마나 큰 업적인가 잘 보여주었다. 이런 사정은 역사상 가장 성공적인 교과서로 꼽히는 고대 그리스의 수학자 유클레이데스(Eukleides)의 〈원론〉에서 더욱 또렷이 드러난다. 그 기하학 교과서는 정의들, 공리(公理)들 및 공준(公準)들을 제시하고 그것들로부터 논리적으로 정리(定理)들을 이끌어냈다. (고대 그리스에선, 현대의 관행과는 좀 다르게, 모든 학문들에 공통된 원리들은 공리로 불렸고, 특정 학문에만 적용되는 원리들은 공준으로 불렸다.) 현대 수학의 높은 수준에서 살피면, 여러 모로 부족하고 더러 틀렸지만, 유클레이데스의 〈원론〉은 기하학 지식을 놀랄 만큼 체계적으로 조직했다. 그래서 〈원론〉은 2천 년 넘게 내용과 체계가 거의 바뀌지 않은 채 기하학 교과서로 쓰였다. 19세기 중엽에 이른바 '탈 유클레이데스 운동'이 나온 뒤에야, 그것에 대항하는 교과서들이 나왔다. 실은 그것들도 유클레이데스의 책을 여러 모로 모방한 것들이었다.

훌륭한 기하학 교과서를 쓴 덕분에, 과학과 기술의 발전에 헤아릴 수 없을 만큼 큰 공헌을 했고 그 과정에서 불후의 명성을 얻었지만, 유클레이데스는 뛰어난 수학자는 아니었던 듯하다. 〈원론〉의 수준이 고르지 못하다는 사실은 이 점을 가리키는 듯하다. 그는 좋은 원전들을 이용할 수 있었던 분야들에선 책을 잘 엮었지만, 그렇지 못한 분야들에선 그리 잘 책을 엮지 못했던 것처럼 보인다. 그러나 그보다 훨씬 재능이 뛰어났던 기하학자들 가운데 그의 업적과 명성에 가까이 간 사람들은 드물었다.

| 7 |

지금 우리 사회에서 교과서의 기능과 중요성을 잘 인식하는 일은 작지 않은 뜻을 지닌다. 좋은 교과서들이 드물어서 우리 사회가 입는 손실은, 비록 눈에 잘 뜨이지 않지만, 엄청나다. 학자들은 보다 친절하고 재미있는 교과서들을 쓰려 애써야 하고, 우리는 좋은 교과서를 쓴 저자들에게 응분의 보상을 해주어야 한다.

그리고 학생들과 부모들은 될 수 있는 대로 좋은 교과서들을 고르려 애써야 한다. 즐겁고 유익한 관광을 위해서는 좋은 안내자를 고르는 것이 중요하듯, 낯선 분야의 지식을 쉽고 즐겁게 얻는 데는 좋은 교과서를 고르는 것이 필수적이다. 위에서 소개한 일화가 보여주듯, 대학에 갓 들어간 자식에게 좋은 교과서를 골라주는 일은 보기보다 이익이 많이 나는 투자다.

내가 쓴 책들을 돌아다보며

1

영화 〈바람과 함께 사라지다〉가 나온 지 여섯 해 뒤인 1945년에 그것을 제작한 데이비드 셀즈닉(David Oliver Selznick)은 자신의 부고를 예언했다: "〈바람과 함께 사라지다〉의 제작자 데이비드 셀즈닉이 오늘 죽었다." 그의 예언은 맞아서, 그가 스무 해 뒤에 죽었을 때 나온 부고는 그가 한 말 거의 그대로였다.

그때 그는 덧붙였었다, "나는 그 부고를 바꿔보려고 미친 듯이 뛰겠습니다." 그는 결국 그의 목표를 이루지 못했다, 그 뒤에도 〈무기여 잘있거라〉처럼 성공한 작품들을 만들었지만.

언젠가 신문 한구석에 실릴 내 부고는 아마도 "〈비명(碑銘)을 찾아서〉의 작가 복거일이 어제 죽었다"일 것이다. 셀즈닉처럼 그 부고를 바꿔보려고 여섯 해 동안 애를 쓴 뒤에 하는 고백이다.

1987년에 나왔을 때, 〈비명을 찾아서〉는 많은 사람들로부터 큰 칭찬을 받았다. '문학과지성' 동인 다섯 분의 이름들이 끝에 적힌 추천사엔 '내가 이런 칭찬을 들어도 되나?' 하는 생각이 들 만큼 큰 칭찬들이

들어있었다. 그 작품이 주목을 받게 된 데엔 내가 일터를 버리고 네 해 동안 방안에 들어앉아 글을 썼다는 사실이 물론 큰 몫을 했다. 그래도 그 작품에 대한 평가는 세월이 가면서 오히려 좋아지는 것을 느낀다.

2

당연히 흐뭇한 일이다. 그러나 첫 작품보다 나은 작품을 하나 써야 한다는 생각은 내 마음의 지평에 언제나 무겁게 걸린 검은 구름장이다. 그 뒤로 작품을 셋 더 썼지만, 그리고 작가 자신이야 언제나 그렇듯 괜찮은 작품들이라고 여기지만, 첫 작품에 비기면 못하다는 것이 이내 드러난다.

석 달 전에 펴낸 〈파란 달 아래〉만 하더라도, 나는 속으로 '달 나라의 삶을 그리는 일을 큰 실수 없이 해냈고, "지금 인류가 이룬 진화의 단계와 지식의 수준에서 사람이란 무엇인가?"라는 물음을 그럴 듯한 상황 속에서 던져 진정한 과학소설의 반열에 든다고 볼 수 있고, 인류의 운명에 대한 전망을…' 하면서 끊임없이 변호하지만, 내 마음은 안다, 그것이 〈비명을 찾아서〉처럼 높은 온도에서 구워진 작품이 아니라는 것을. 그래서 요즈음은 '과연 내 가슴에 남아있는 것일까, 그렇게 높은 온도를 낼 열정이?' 라는 물음이 고개를 들곤 한다.

총서 이야기

| 1 |

어떤 부류의 책들을 함께 묶은 총서는 책을 고르고 구하는 일을 쉽게 만든다. 종류가 워낙 많고 서로 다르므로, 책은 다른 상품들보다 고르기가 훨씬 어렵다. 자연히, 총서들이 많이 나온다.

우리 사회에선 총서들은 좋은 책들을 싼 값에 널리 펴는 길이기도 했다. 지금 나이 든 사람들에게 익숙한 '을유문화사'의 〈세계문학전집〉은 대표적이다. 첫 권이 어윈 쇼(Irwin Shaw)의 〈젊은 사자들〉이었던 (지금은 얼마나 이상하게 보이는 선택인가!) 그 총서는 식민지의 역사와 전쟁으로 척박해진 우리 사회의 문화적 풍토를 풍요롭게 하는 데 지금은 상상하기 어려울 만큼 큰 공헌을 했다. 〈아이반호〉, 〈분노는 포도처럼〉, 〈겐지 이야기(源氏物語) 그리고 〈바람과 함께 사라지다〉를 읽으면서 맛본 즐거움은 아직 생생하다. 그리고 〈한국문학전집〉과 같은 제목을 단 총서들이 여럿 나와서, 우리 문학의 터전을 넓혔다.

| 2 |

내게 가장 큰 영향을 미친 총서는 런던의 〈Everyman's Library〉와 뉴욕의 〈Modern Library〉였다. 내가 대학에 갓 들어간 1963년, 동대문 근처 헌책방 골목에 나가면, 그 두 총서에서 나온 두툼한 책들을 80원에 살 수 있었다. 아주 가난한 젊은이의 몸을 튼튼하게 하는 데 쓰일 수 있었던 돈으로 사긴 했지만, 그 책들에서 나는 내 삶을 인도한 선현들을 여럿 만났다.

지금 외국의 총서들이 많이 번역되고 있다. 우리 사회에 소개되기를 바라는 총서는 미국의 〈Del Rey Books〉다. 1977년에 주디 린 델 레이(Judy-Lynn Del Rey)와 레스터 델 레이(Lester Del Rey)에 의해 시작되어 지금은 '랜덤 하우스(Random House)' 에서 발행하는 이 총서는 과학소설(sf)과 환상소설(fantasy) 분야에서 평판이 좋은 총서다. 과학소설과 환상소설에 대한 잠재적 수요가 크지만 그 분야의 출판이 어려운 우리 사회에서 이 총서의 도입은 위험과 보람이 큰 모험적 사업일 것이다.

잘 알려진 것처럼, 총서는 한 권씩 사야 한다. 장식용이 아니라면. (하긴 장식으로는 잘 골라서 꽂아놓은 책들로 가득한 책장을 따를 것이 없다.) 한꺼번에 전집을 들여놓으면, 그 무게에 눌려, 읽기가 어려워진다.

두 잡지 이야기

| 1 |

1969년은 나에겐 '멋진 해(annus mirabilis)' 였다. 그 해 6월 나는 군 복무를 마쳤다. 휴전 뒤 가장 위험했던 시기에 전선에서 복무한 터라, 신설동 버스터미널에 내렸을 때, 몸과 마음을 채운 자유로움과 푸근함은 파란 수액(樹液)처럼 느껴졌다. 7월에는 아폴로 11호의 달 탐험이 있었다. 그 역사적 사건이 전개되는 모습을 지켜본 일은 내 평생에서 가장 감동적인 경험이었다. 8월에는 '우드스톡(Woodstock)' 의 축제가 있었다. 전통과 체제에 아주 격렬하게 저항했던 세대에 속한 나는 멀리 바다 건너에서 벌어진 젊은이들의 축제가 그렇게도 부러웠고 그들이 몸으로 보인 태도에 깊이 공감했다.

어쩔 수 없이 반지성적 풍토가 형성되는 군대에서 막 나온 젊은이가 지식을 탐한 것은 자연스러웠다. 지식에 대한 갈증이 하도 심해서, 나는 내 마음이 마른 논바닥처럼 느껴졌다. 가뭄에 갈라진 논바닥은 물을 많이 대도 좀처럼 물이 고이지 않는다.

1070년대의 한국은 지식을 얻기가 쉽지 않은 곳이었다. 그때나 지금이나 거의 모든 지식과 정보는 해외에서 생산되는데, 당시 그런 지식과 정보가 우리 사회에 들어오는 통로들은 적고 좁았다. 책들과 잡지들이 많이 그리고 빠르게 수입되고 인터넷으로 정보들을 쉽게 찾을 수 있는 요즈음엔 상상하기가 쉽지 않을 만큼, 해외의 책들과 잡지들을 구하기 어려웠다. 게다가 압제적 정권은 그런 통로들을 더 좁히려 애썼다. 그래서 정권에 비판적인 기사를 실은 잡지들은 검은 잉크로 지워진 채 배포되곤 했다. (수요가 있으면 공급이 나온다는 시장의 법칙을 따라서, 그렇게 지워진 기사들만 오려서 파는 서점들이 당시 명동에 있었다. 그 기사를 읽은 사람들은 술자리에서 인기가 높았다.)

당시 사정이 그러했으므로, 외국 잡지들은 중요한 지식과 정보의 원천이었고, 나는 그런 잡지들을 적잖은 돈과 시간을 들여서 구했고 열심히 읽었다. 그 잡지들 가운데 내게 특히 많은 지적 자양을 준 것들은 미국 월간지 '플레이보이(Playboy)' 와 영국 주간지 '이코노미스트(Economist)' 였다.

2

'플레이보이' 는 참으로 묘한 잡지다. 그것은 분명히 도색 잡지이지만, 독자들은 그런 분류만으로는 그것의 성격을 제대로 드러내지 못한다고 여길 터이다. '이코노미스트' 는 '플레이보이' 가 겨냥한 시장을 "시골에서의 취미 생활에 관한 기사들이 가득한 전통적 남성 잡지들과 싸구려 도색 잡지들 사이 어딘가에 자리잡은 틈새 (a niche somewhere between traditional men's magazines full of country pursuits and cheap porn rags)"라고 평했다. 그 틈새는 보기보다는 훨씬 큰 잠재성을 지닌 시장이었다. 문제는 점잖은 사람들이 그곳을 찾는 것을 꺼린다는 사실이었다. '플레이보이' 의 창업자인 휴 헤프너(Hugh Hefner)는 훌륭한 작가들의 글들을 실음으로써 그 문제를 부분적으로 풀었다. 그래서 '플레이보이' 를 집어 드는 사람들은 "내가 이 잡지를 사는 것은 센터폴드(centerfold) 때문이 아니고 여기 실린 훌륭한 작가들의 글들 때문이다" 라고 말할 수 있었고, 다른 사람들은 몰라도 적어도 그들 자신들은 그 얘기를 반쯤은 믿었다.

실제로 '플레이보이' 엔 당대에서 으뜸가는 작가들이 글을 실었다. 작년 말에 크리스티스(Christie' s)가 헤프너의 소장품들을 경매했는데, 거기엔 잭 케루액(Jack Kerouac)의 원고, 블라디미르 나보코프(Vladimir Nabokov), 에인 랜드(Ayn Rand), 오슨 웰스(Orson Wells)와의 대담 기록, 그리고 윌리엄 새로연(William Saroyan), 아이적 애시모프 (Isaac Asimov), 레이 브랫버리(Ray Bradbury)의 편지가 들어있었다.

이 위대한 작가들이 '플레이보이' 에 글을 실은 까닭은 물론 높은 원고료 때문이었다. '플레이보이' 는 원고료를 다른 잡지들보다 적어도 서너 곱절 많이 주었다. 과학소설 작가들의 에이전트 노릇을 하는 사람이 "좋은 단편 작품을 얻으면, 일단 '플레이보이' 에 보낸다. '플레이보이' 로부터 거절 쪽지가 날라오면, 비로소 어디로 보낼까 궁리한다" 고 얘기한 것을 읽은 적이 있다. 덕분에 '플레이보이' 엔 '깔끔하고 세련된' 과학소설 작품들이 많이 실렸다.

이런 사정과 관련하에 내 기억에 남은 일은, 비록 이제는 기억이 흐려져서 확실한 것은 아니지만, 솔 벨로우(Saul Bellow)가 중편 분량의 〈험볼트의 선물(Humboldt' s Gift)〉을 '플레이보이' 에 발표하고, 이듬해에 그것을 장편으로 늘려서 출판하고, 그 이듬해에 그 작품으로 퓰리처 상을 받았고, 그 작품의 성공에 크게 힘입어 석 달 뒤 노벨문학상을 받은 일이다. '플레이보이' 에 실린 글들은 그만큼 수준이 높았다.

'플레이보이' 에 실린 글들 가운데 또 하나 내가 애독한 것은 심층대담(in-depth interview)이었다. 대담의 대상자들이 모두 자기 분야에서 일가를 이룬 사람들이었고, 기자가 대상자와 여러 주 동안 함께 지내면서 친숙한 분위기에서 얘기를 나눈 기록이라, 새겨들을 만한 얘기들이 많이 있었다. 작가인 나에게 이런 심층대담 기사들은 흥미롭고 유익했다. 내게 특히 깊은 인상을 남긴 것은 어떤 영화 배우의 - 로버트 레드포드(Robert Redford)였던 것으로 기억한다 - 얘기다. 그가 오랫동안 무명 배우로 고생하다 마침내 크게 성공해서 무대에 서자, 여성 팬들이 집 열쇠들을 던졌다. 그때 그는 '내가 어려웠을 때, 당신들은 어디 있었소?' 라는 생각이 들어서, 치미는 감정을 억제하느라 애를 먹었다고 했다. 이름 없는 사람으로 고생하면서 자신과 성공의 날을 기약하는 일이 워낙 처절한 다짐이기에, 오랜 고생 끝에 성공하면, 누구나 너그러운 마음으로 세상을 대하기 힘들다. 아마도 거기에 성공한 사람들이 흔히 이 세상을 경멸의 눈길로 바라보는 까닭이 있는지도 모른다. 정말로 크게 성공하려면, 그런 경멸의 눈길을 다른 사람들로부터 감춰야 하겠지만.

물론 '플레이보이' 가 지닌 흡인력의 대부분은 글이 아니라 그림이었다. 그리고 그 그림들은 자극적이었지만 천박하다는 느낌이 짙지는 않았다. 그래서 '플레이보이' 는 "싸구려 도색 잡지"에서 벗어나 '윤나는 잡지들(glossy magazines)' 에 끼일 수 있었다. 그리고 그것이 바로 그것의 성공 비결이었다. 덕분에 1953년 12월에 창간된 '플레이보이' 는 1960년대와 1970년대에 거의 '보통 명사' 가 될 만큼 성공했고 극성기인 1972년엔 발행부수가 무려 720만부에 이르렀다.

그러나 '플레이보이' 가 그렇게 성공한 것은 그저 틈새 시장을 잘 고른 덕분만은 아니었다. 1960년대를 가장 잘 상징한 말이 '히피' 였고 가장 중요한 사회적 변화를 부른 기술이 '경구피임약' 이었고 가장 상징적인 사회 운동이 '1968년의 학생 봉기' 였다는 사실이 가리키는 것처럼, 1960년대와 1970년대 초엽은 '전통적 질서로부터의 해방' 이 온 세계의 주도적 조류가 된 시기였다. 특히 '성 해방' 은 도도한 물살이 되어 온 세상을 휩쓸었다. 당시 미국은 청교도적 전통이 아직 굳게 남아서, 사회는 개인의 자유와 선택에 상당히 억압적이었다. '히피' 라 불린 젊은이들은 그런 전통적 질서에 도전했고 새로운 삶의 양식을 추구했으며 거기서 뒤에 '대항적 문화(counter-culture)' 라고 불리게 된 새로운 문화가 나왔다. '플레이보이' 는 그런 조류를 가장 잘 대변한 잡지였고 보다 자유로운 사회를 이루기 위해 진력했다. 그리고 그런 조류를 타고서 "위대한 잡지"가 되었다.

성공은 모방자들을 부르게 마련이다. 그래서 '플레이보이' 가 개척한 틈새를 비집고 들어오는 잡지들이 여럿 생겼다. '펜트하우스(Penthouse)' 가 대표적인데, '플레이보이' 의 성공적 공식을 한 단계 더 밀고 나가서, 보다 자극적인 그림들을 싣고 (대표적인 예는 치모를 드러낸 여자들의 그림들을 실은 것이다) 보다 높은 원고료를 책정했다. 덕분에 한때 '펜트하우스' 는 '플레이보이' 를 압도했다. 모방자들의 거센 도전은 '플레이보이' 의 입지를 줄였다.

보다 큰 타격은 비디오 테이프의 등장이었다. 성적 자극이라는 면에서 잡지에 실린 사진들은 비디오 테이프와 도저히 경쟁할 수 없었다. 인터넷의 출현은 '외설(pornography)' 을 번창하는 산업으로 만들었고, 도색 잡지들은 설 땅을 거의 다 잃었다. '펜트하우스' 의 몰락은 이런 사정을 잘 보여준다. '플레이보이' 는 인쇄 매체와 온라인 매체의 분리 전략을 택했다. 현재 잡지 '플레이보이' 는 310만부 가량 발행하는데, 앞날이 밝은 것은 아니다. 반면에, 완전한 외설 기업으로 변신한 온라인 '플레이보이'는 흑자를 보는 그리 많지 않은 온라인 기업들 가운데 하나다.

| 3 |

'이코노미스트'를 펴면, "'앞으로 나아가는 지성과 우리의 진보를 막는 가치 없고 심약한 무지 사이의 격심한 대결'에 참여하기 위해 1843년 9월에 처음 발행되었다(First published in September 1843 to take part in 'a severe contest between intelligence, which presses forward, and an unworthy, timid ignorance obstructing our progress)'"는 구절이 나온다. 이 잡지가 뚜렷한 이념적 바탕에 세워졌음을 가리키는 말이다. 이 잡지를 창간한 사람은 스코틀랜드 출신 영국 경제학자인 제임스 윌슨(James Wilson; 1805~1860)인데, 그는 인도의 지폐 제도를 확립했다. 그의 창간 목적에 대해서 '이코노미스트' 자신은 이렇게 설명했다: "처음부터, 윌슨의 주된 관심사는 부의 창출의 수수께끼였다. 그의 해답은 - 그리고 이 신문의 존재 이유는 - 민주주의와 법의 지배에 바탕을 둔 자유 무역이었다. 그것은 그 뒤 줄곧 '이코노미스트'의 신조였다. (From the start, Wilson's driving interest was the puzzle of wealth creation. His answer ? and the raison d'etre of this newspaper ? was free trade, underpinned by democracy and the rule of law. It has been The Economist's credo ever since.)"

'이코노미스트'를 튼튼한 바탕 위에 세운 것은 창업자 윌슨의 사위 월터 배저트(Walter Bagehot; 1826 ~ 1877)였다. 뛰어난 경제학자이자 헌법학자였던 배저트는 장인의 이념을 이어받아 '이코노미스트'를 자유주의의 전파자로 키웠다. 그 뒤로 줄곧 이 잡지는 많은 사람들로부터 존경과 신뢰를 받았고, 꾸준히 규모가 커져서, 이제는 온 세계에서 명성과 독자들을 누린다.

잡지 이름이 가리키는 것처럼, '이코노미스트' 의 주요 분야는 경제다. 그래서 경제에 관심이 많거나 경제학 지식을 갖춘 독자들이 많이 본다. 시사 잡지이므로, 정치 분야의 비중도 크다. 그러나 '이코노미스트' 는 경제와 정치를 훌쩍 뛰어넘어 모든 분야들을 다루며, 어떤 분야를 다루든지, 가장 높은 수준의 지식들을 가장 높은 수준의 글들로 제공한다. 서평과 과학 기사들은 특히 뛰어나다.

'이코노미스트' 의 명성과 성공은 먼저 뚜렷한 이념과 신조에 따라 세상을 살피고 합리적 정책들을 제시한 데서 찾을 수 있다. 다음엔, 높은 수준의 지식들과 정보들을 비교적 이해하기 쉬운 글들로 제공해왔다. 어려운 내용을 일반 독자들도 알 수 있도록 쉽게 풀어 쓰고 어려운 용어들엔 꼭 간단한 설명을 붙이는 '이코노미스트' 의 편집 태도는 성공적 잡지를 만들려는 사람들이 꼭 눈 여겨 보아야 할 대목이다. 과학과 기술에 관한 기사들을 쉽게 만들려고 애쓰는 모습은 특히 그렇다.

| 4 |

'플레이보이' 와 '이코노미스트' 는 둘 다 자유주의 이념을 충실히 따르면서 자신들의 고유한 틈새들을 찾아서 성공했던 잡지들이다. 그래서 그들에겐 "위대한 잡지"들이라는 호칭이 조금도 어색하지 않았다.

그러나 지금 두 잡지의 형편은 서로 크게 다르다. '이코노미스트' 는 여전히 자신의 틈새에서 압도적 종(種)의 자리를 차지하고서 국제적 명성과 상업적 성공을 누린다. 그리고 세계화에 대한 거센 반발이 가리키듯, 자유주의에 대한 반대 사조가 점점 위협적이 되면서, 자유주의를 지키려는 '이코노미스트'의 역할과 공헌도 따라서 커진다. 그러나 '플레이보이'는 이제 전성기 모습의 형해(形骸)만이 남았고 전망도 어둡다. 그렇게 된 데엔, 위에서 살핀 것처럼, 여러 가지 요인들이 작용했지만, 가장 근본적인 것은 '플레이보이'가 주창한 '성 해방'이 이제 다 이루어졌다는 사정이다. 임무를 성공적으로 이루어서 역사적 사명을 다한 것들에 찾아오는 황혼이 '플레이보이'에게도 다가온 것이다.

사람이 위대함을 이루는 데는 시운이 따라야 한다. 잡지의 경우에도 마찬가지다. 아직 성에 대한 사회적 압제가 심했을 때, 그것에 과감하게 맞섰던 '플레이보이'는 위대했었다. '플레이보이'의 독자들에겐 퍽이나 아쉽게도, 그런 위대함은 '성 해방'과 더불어 사라졌다. 자유주의자인 나로선 자유주의가 이 세상에 뿌리를 깊이 내려서 '이코노미스트'에게도 그런 운명이 찾아오기를 바랄 따름이다.

나이가 들면, 누구나 자신의 삶을 돌아다보고 그것에서 질서나 뜻을 찾으려 애쓰게 된다. 그런 노력은 궁극적으로 자신의 삶을 요약한 비명(碑銘)을 생각하는 일로 이어진다.

제 3 부
비명(碑銘)과 수의(壽衣)

삶은 힘들다. 모든 종들의 개체들의 목적은 살아 남아서 자식들을 남기는 것이다. 사람도 본질적으로 다르지 않다. 그래서 우리는 자연에 의해 살아 남도록 다듬어졌다. 자연은 우리의 행복에 대해선 마음을 쓰지 않는다. 삶은 힘들 수밖에 없다.

폐허다운 폐허

| 1 |

한 스무 해 전 어느 늦은 봄에 보령(保寧)의 성주사지(聖住寺址)를 찾은 적이 있다. 절은 오래 전에 사라졌지만, 밭이 된 절터엔 석탑 셋과 탑비 하나가 서 있었고 가까이에 집들이 예닐곱 채 있었다. 부처님오신날에 가까웠을 터이다, 탑들에 고운 종이 등들이 걸려 있었으니.

포근한 햇살 아래 부드러운 바람이 흘러가는 보리밭 가에 서서, 나는 감탄하는 마음으로 절터를 둘러보았다. 그것은 맞서는 세계들이 묘하게 어우러져 조화를 이룬 자리였다. 돌탑으로 상징된 초월적 세계와 보리로 상징된 현실이 잘 어울렸고, 옛 믿음이 남긴 탑들은 생명이 나간 허물로 남지 않고 지금의 삶에서 한 자리를 차지하고 있었다.

| 2 |

몇 해 뒤, 성주사지가 복원된다는 얘기가 들렸다. 절터 한쪽에 선 '낭혜화상 백월보광탑비(朗慧和尙 白月葆光塔碑)' 가 국보고 석탑 셋이

다 보물이므로, 성주사지의 복원은 나올 만한 얘기였다. 그러나 우리 사회에서 문화재들의 복원이 얼마나 거칠게 이루어지는지 아는 터라, 나는 절터의 조화가 깨어질까 걱정스러웠다.

그래서 다시 성주사지를 찾았다. 그리고 내 걱정이 괜한 것이 아니었음을 확인했다. 절터 둘레엔 철책이 쳐지고 보리를 살찌웠던 기름진 흙을 중기들이 걷어내고 있었다. 둘레의 집들도 거의 다 비어 있었다.

참담한 마음을 추스르면서, 나는 아직 사람이 사는 듯한 집으로 다가갔다. 할머니 혼자 집을 지키고 계셨다. 내가 빈집들을 가리키면서 사람들이 어디로 갔느냐고 묻자, 그녀는 뿔뿔이 흩어졌다고 대답했다. 일구던 땅을 잃었으니, 떠날 수밖에 없지 않느냐는 얘기였다. 보상은 받았느냐는 물음엔, 땅이 원래 정부 소유라서, 보상은 없었다는 대답이 나왔다.

"그러면 할머니께선 어떻게 하실 작정이세요?"라는 물음을 되삼키고 무거운 마음으로 절터를 둘러보는데, "논하고도 바꾸지 않을 밭이었는데…"라는 할머니의 탄식이 나왔다. 얘기를 들어보니, 이곳은 가물이나 홍수의 해를 입은 적이 없다는 것이었다. 하긴 명당일 터였다, 통일신라 시대에 절을 지었던 곳이니. 그녀를 위로할 말을 찾지 못한 채, 나는 물 한 그릇을 청해 들고서 그곳을 떠났다.

3

얼마 전에 다시 그곳을 찾았다, 복원된 절터의 모습을 보고 싶은 마음에 이끌려. 절터는 깨끗했다. 너무 깨끗했다. 철책이 절터를 에워쌌고 깊게 쌓였던 세월의 자취는 말끔히 걷혀지고 없었다. 거기 살던 사람들의 모습도 개 짖는 소리도 남아 있지 않았다. 대신, 차를 몰고 놀러 나온 젊은이 한 쌍이 묵묵히 선 돌탑들에 사진기를 들여대고 있었다.

어쩔 수 없이 나는 복원 사업의 득실을 마음속으로 헤아렸다. 복원에 든 비용은 작지 않을 터였다. 느닷없이 집과 생계를 잃은 가족들의 손해라는, 보이지 않는 비용은 더 클 터였다. 반면에, 얻은 것은 분명치 않았다. 실은 무엇을 얻은 것이 아니라 절터의 폐허를 그냥 잃어버린 것이었다.

폐허는 폐허다워야 한다. 폐허마다 세월의 손길에 다듬어진 나름의 모습이 있어서 찾는 사람들에게 그 세월을 얘기해준다. 그래서 폐허다움은 폐허의 자산이다. 그것을 큰 돈을 들여 걷어내다니.

사람의 몸과는 달리, 폐허는 성형 수술을 필요로 하지 않는다. 사람들은 젊음을 찾지만, 문화재들은 나이들었다는 점이 바로 본질적 자산이다. 지금 우리는 '문화재 복원' 이란 이름 아래 이루어지는 폐허의 파괴에 너무 무심한 것은 아닌지.

아이들의 창의성을 북돋우는 길

| 1 |

우리 아이들이 일반적으로 능력은 뛰어난데 창의성에선 부족하다는 지적은 자주 나오는 얘기다. 주어진 문제들을 풀거나 지시 받은 일들을 해내거나 남이 이미 한 것을 본받는 데는 뛰어나지만, 스스로 무엇을 발견하거나 새로운 의견을 내는 일은 드물다는 얘기다. 아닌게 아니라, 그런 얘기는 우리 아이들의 모습을 잘 짚어냈다.

그런 사정의 원인들로 흔히 꼽히는 것들은 권위주의적 사회 풍토와 입학 시험을 겨냥한 학교 교육이다. 누구나 고개를 끄덕일 만한 진단이다. 안타깝게도, 그런 원인들은 우리 사회의 구조적 문제들이라서, 그것들을 고치는 것은 단기적으로는 거의 불가능하다.

실은 이 문제는 우리 사회만이 아니라 동 아시아의 여러 나라들에서 진지하게 논의되고 있다. 특히 일본과 싱가포르에선 청소년들의 창의성을 북돋우기 위해 구체적 조치들까지 마련하고 있다. 그런 조치들은 대체로 서양의 앞선 사회들의 교육 제도와 방식을 도입하는 것을 주요 내용으로 삼고 있다.

반어적(反語的)으로, 서양의 앞선 나라들은 학생들의 학과 실력이 동 아시아 나라들의 학생들의 그것보다 크게 뒤진다는 사실에 주목해서 동 아시아의 교육 방식에 주목하고 있다. 어느 사회에서나 아이들을 잘 가르치는 일은 어렵다는 얘기다.

이런 일에서 요체는 물론 자신의 문화적 풍토와 교육 체계에서 좋은 점들을 그대로 지니면서 다른 사회들의 풍토와 체계에서 좋은 점들을 골라 받아들이는 것이다. 그러나 이것은 아주 어렵고 시간도 많이 걸린다.

2

다행히, 우리 아이들을 가르치는 데서 큰 문제가 되는 부분 하나는 그리 어렵지 않게 고칠 수 있다. 바로 가정 교육이다. 우리 아이들이 상상력과 창의성에서 떨어지는 것은 학교 교육의 잘못이 크지만, 부모들이 자기 아이들의 호기심을 지적 발전으로 이끌지 못하는 데도 적잖은 책임이 있다.

아이들의 창의성을 북돋우는 가정 교육이 어떤 것인가 잘 보여주는 예는 영국 생물학자 윌리엄 해밀튼(William D. Hamilton)의 일화다. 해밀튼은 진화생물학에서 개척적 연구를 수행한 위대한 학자다. 어느 날 친구들이 그의 집을 찾았는데, 그의 막내 딸이 외쳤다, "여기, 아빠, 여기 와봐요. 설탕 그릇에 정말로 재미있게 생긴 바구미가 들었어요."

보다 교훈적인 일화는 역시 영국 생물학자인 제인 구달(Jane Goodall)에 관한 일화다. 그녀는 평생을 침팬지 사회의 연구에 바친 생태학자인데, 침팬지들의 삶을 관찰해서 얻은 깊은 지식을 통해 사람의 본질을 통찰한 그녀의 책들은 널리 호평을 받았다. 일찍부터 동물들을 사랑했던 그녀는 동물들에 관한 글을 쓰려고, 열 여덟 살이 되던 해에 배를 타고 영국을 떠나 동 아프리카로 건너 갔다. 그녀는 처음엔 케냐 나이로비의 '자연사 박물관' 에서 일했고, 1960년부터 탄자니아의 오지에서 침팬지 사회를 연구하기 시작했다.

어떤 대담에서 대담자가 물었다, "당신의 어릴 적 꿈은 아프리카에서 동물들을 연구하는 것이었습니다. 어떻게 그처럼 어린 나이에 그런 꿈을 갖게 됐습니까?"

그녀는 대꾸했다, "나는 그렇게 태어났습니다. 내가 두 살 때였지요, 한번은 지렁이들을 나와 함께 침대에 데려갔습니다. 내 어머니는 멋지셨지요; 그 지렁이들을 보시자, '에그그! 징그러워라!' 하고 그것들을 내버리는 대신에, 어머니께선 말씀하셨어요, '제인, 그 지렁이들을 거기 놔두면, 다 죽는다. 지렁이들은 축축한 땅에서야 살 수 있단다.' 그래서 난 그 지렁이들을 살리려고 허겁지겁 지렁이들을 모아서 뜰로 갖고 나갔죠. 그렇게 이른 관심은 쭉 이어졌습니다. 나는 뜰의 곤충들과 새들을 관찰했고, 나이를 먹으면서, 그것들에 관해 적어놓았습니다. 그 다음엔 아프리카에 관한 책들을 읽기 시작했습니다. 〈두리틀 박사〉와 〈타잔〉과 같은 아프리카의 동물들에 대한 책들을. 그래서 내가 여덟 살 됐을 때, 나는 알았습니다, 난 아프리카로 가야 한다는 것을."

3

구달의 어머니처럼 하기는 무척 어렵다. 아이가 깨끗한 침대 시트에 지렁이들을 놓아둔 것을 보았을 때, 질색하지 않을 어머니가 우리 사회에 과연 있을까? 그것까지는 그래도 괜찮다. 열 여덟 살 난 딸이 혼자서 아프리카로 가서 동물들을 연구하겠다고 나섰을 때, 승낙한 부모의 너그러운 마음을 나는 도저히 배울 수가 없을 것 같다. 그래도 뒤늦게 본 딸 아이를 키우는 나는 배워야 하리라.

호기심은 지적 활동의 원형질이다. 아이들이 아주 어릴 적에 보이는 호기심을 북돋우는 것은 아이들의 창의력을 키우는 데 결정적으로 중요하다. 제인 구달의 일화는 그 점을 인상적으로 보여준다.

우직한 공부의 효험

| 1 |

젊었던 시절을 돌아다보면서, 적잖은 사람들은 깨닫게 될 것이다, 세월에 그다지 바래지 않은 기억들 가운데엔 입학 시험에 관한 것들이 많다는 사실을. 대학 입시에 관한 것들은 특히 선연하다. 우리 사회에서 모두에게 입시가 무척 중요하고, 특히 대학 입시는 한 사람의 평생에 결정적 영향을 미치므로, 당연한 일이다. 나도 그렇다. 게다가 작년엔 고등학교 3학년 딸을 둔 부모로서 입시와 관련된 기억들을, 대부분은 그다지 유쾌하지 못한 것들을, 많이 지니게 되었다.

나는 60년대 초엽에 대전에서 상업고등학교를 다녔다. 당시 상고에선 은행에 취직하는 것이 가장 좋은 진로로 꼽혔고, 선생님들도 제자들을 좋은 은행들에 보내려고 애쓰셨다. 대학에 가려는 학생들은 상대적으로 적었고, 선생님들도 진학 지도에는 관심이 상대적으로 적으셨다. 자연히, 진학반 학생들은 대학을 고르고 시험 준비를 하는 일에서 의지할 데가 적었고 필요한 정보를 얻기도 어려웠다.

여름 방학을 맞자, 나는 영작문에 힘을 쏟기로 했다. 영어는 잘 하는 편이어서, 문법과 독해엔 자신이 있었는데, 작문은 내가 바라는 수준에 미치지 못했다. 그래서 두툼한 영작문 교본을 사서 한 달 내내 그 책과 씨름을 했다. 덕분에, 방학이 끝났을 때는 영작문에 자신이 생겼다.

| 2 |

시험장에서 시험지를 받아본 순간, 나는 정신이 어찔했다. 문제들이 처음부터 끝까지 모두 네 개의 답들 가운데서 하나를 고르는 '객관식' 이었던 것이었다. 그때까지 내게 입시 문제들이 객관식으로 나온다고 알려준 사람은 없었다. 당연히 주관식이겠거니 하고 공부를 해온 터라, 객관식 문제들을 본 순간 마음이 크게 흔들릴 수밖에 없었다. 한참 동안 나는 멍한 마음으로 시험지를 내려다보고만 있었다. 시험관이 다가와서 눈빛으로 무슨 일이 있느냐고 물었을 때에야, 나는 마음을 가다듬고 문제들을 풀기 시작했다.

시험장에서 나온 뒤, 나는 아직도 멍한 마음으로 혼자서 복도를 서성거렸다. 여럿이 몰려다니면서 웃고 떠드는 서울의 명문 고등학교 출신 수험생들을 이방인들처럼 바라보면서, 나는 힘들었던 영작문 공부가 허사였다는 사실을 쓰디쓰게 반추했다.

그러나 그 공부는 허사가 아니었음이 곧 드러났다. 그렇게 주관식 시험에 대비해서 영작문에 힘을 쏟은 덕분에, 나는 대학의 영어 과목들을 수월하게 공부했고, 입사 시험에서 좋은 성적을 얻었고, 무역이나 국제협력과 같은 일들을 잘 해냈다.

3

그래서 나는 젊은이들에게 일러주곤 한다, 사정이 허락한다면, 공부는 좀 우직하게 하는 게 좋다고. 어떤 주제에 관해서든지, 당장 필요한 지식을 얻는 것을 넘어서서 그 주제를 제대로 이해하는 것은 이내 써먹기 좋을 만큼만 공부하는 것보다 장기적으로는 훨씬 효율적이다.

좀 우직하게 공부하라는 얘기를 따르기는 물론 쉽지 않다. 이번에 딸아이의 논술 시험에 대비해서 부녀가 함께 공부를 했는데, 딸아이에게 가르친 것은 결국 논술 답안을 무난하게 작성하는 '요령'이었음을 깨닫고, 나는 쓴웃음을 지었다. 시험을 며칠 앞두고서 내가 가르칠 수 있는 것은 그것밖에 없었다.

그래도 나는 좀 우직하게 공부하라는 얘기는 따를 만하다고 생각한다. 그리고 그 얘기는 삶의 다른 면들에도 적용된다. 이웃들을 둘러보면, 우리는 좀 우직하게 사는 사람들이 약삭빠르게 사는 사람들보다 대체로 여유가 있고 행복하게 살며 다른 사람들에게도 도움을 준다는 사실을 깨닫게 된다.

두 여인

| 1 |

어머니에 관한 아마도 가장 오랜 기억은 절구질을 하시던 모습이다. 햇살 따가운 어느 늦봄, 아직 푸른 기운이 도는 보리를 '잡아서' 절구통에 넣고 절굿공이로 대끼시던 모습이다. 어머니의 그 모습은 '보릿고개'를 힘들게 넘었던 당시 사람들의 삶을 상징한다. 쌀은 이미 떨어졌는데, 보리는 아직 나오지 않은 그 두어 달은 배고픔으로 허리가 휘었다.

그러고 보면, 어머니에 관한 기억들을 대부분 검은 그늘처럼 어린 가난과 앞날에 대한 걱정 속에서 생계를 꾸리려 애쓰시던 모습들이다. 어머니의 그런 삶은 그 세대 한국 여인들의 평균적 모습일 터이다. 우리 세대를 낳으시고 키우신 어머니들은 전쟁으로 찢겨진 세상에서 가난과 불안을 지혜와 참을성으로 헤치면서 가족의 삶을 꾸리셨다. 어머니를 떠올리면, 어릴 적 동무들의 어머니들이 겹친다. 찌들고 지친 그녀들의 얼굴에선 지혜와 참을성이 은은하게 배어나온다. 그리고 어머니에 대한 애틋함과 고마움은 그 모든 어머니들에게로 번져나간다.

2

한 여인의 삶은 당연히 남편의 삶에서 결정적 영향을 받게 마련이다. 어머니의 경우, 아버지의 삶이 평탄치 못했다는 사정 때문에, 특히 그러했다.

두 분이 혼인하셨을 때, 아버지는 고향인 충청남도 아산군(牙山郡)의 소학교 교사이셨다. 아버지는 1940년대 초엽에 충청남도 북동 지역에 있었던 민족주의 조직의 일원이셨다. 주로 학교 교사들로 이루어진 비밀 조직이었다고 한다. 그 조직을 이끈 분이 유석(維石) 조병옥(趙炳玉) 선생이셨다는 얘기를 뒤에 마을 어른들로부터 들은 적이 있다. 유석 선생의 고향인 천안이 바로 이웃이니, 그럴 듯한 얘기다.

그 조직이 한 일들 가운데 두드러진 것은 학병 징집을 피해서 지리산으로 들어가는 사람들을 도운 일이었다. 아버지는 도피하는 사람들을 곡교천(曲橋川)의 나루인 강척골에서 둔포(屯浦) 지역 조직원으로부터 '인수' 해서 남쪽으로 안내한 다음 이웃 지역 조직원에게 '인계' 했다. 지금 내 기억은 흐릿하나, 아버지께서 도피자들을 '인계' 한 조직원은 예산군 대술면(大述面) 사람이었던 것 같다. 당시 조선에서 반체제운동은 실질적으로 불가능했고 학병 징집을 피해 도망하는 사람들을 돕는 것은 전쟁에 자원을 총동원한 일본의 식민 체제에 대한 정면 도전이었다는 사실을 생각하면, 그런 비밀 조직의 활동은 무척 대담했다.

해방 뒤 이 조직의 상당 부분이 남로당(南勞黨)에 흡수되었다. 그 과정은 잘 알려지지 않았으나, 그 조직이 상당했던 것은 분명하다. 전쟁이 일어나기 직전에, 자신을 함흥고보 출신이라고 밝힌 사람이 아버지를 찾아와 조직을 "점검"하러 내려왔다고 했다는 것이다.

사정이 그러했으므로, 북한군이 우리 고향을 점령했을 때, 아버지께선 두드러진 역할을 하셨다. 수복이 되자, 아버지께선 고향을 떠나 몸을 숨겨야 했다. 우리 고향의 부역자 명단 맨 앞에 아버지 이름이 올라 있었다. 대한민국 사회엔 숨을 만한 곳은 없었으므로, 아버지께선 미군 부대의 종업원으로 들어가셨다. 그렇게 해서, 우리 가족은 미군 기지촌들을 떠돌게 되었다.

뒤에 아버지는 무죄 처분을 받았다. 부역한 것은 분명하지만, 질이 나쁜 죄를 지은 것은 아니었다는 점이 참작되었다고 했다. 아버지가 지녔던 영향력으로 여러 사람들을 구했다는 고향 사람들의 구체적 증언들이 적힌 탄원서는 그런 처분의 근거가 되었다. 그래도 부역했다는 사실 자체가 지워지는 것은 아니어서, 아버지는 평생 그늘에서 살아야 했다.

| 3 |

어쨌든, 아버지는 목숨을 구하셨고 우리 가족은 삶의 터전을 얻었다. 그러나 기지촌은 살기 좋은 곳은 아니었다. 기지촌은 다른 곳에서 살 수 없는 사람들이 모인 곳이었다. 그들은 모두 맨몸으로 왔고 생업이 변변치 않았다. 무엇보다도, 서로 다툼이 심했다. 서로 모르는 사이였으므로, 전통적 사회에서 사람들의 행동을 인도하는 예의나 도덕이 제대로 자리잡을 수 없었다. 다행히, 기지촌 사람들의 소득의 원천인 미군들은 아주 점잖고 친절한 사람들이었다. 민주적이고, 자유롭고, 부유한 사회에서 자라난 터라, 그들은 가난한 사람들에게 친절하고 너그러울 수 있는 심리적, 경제적 여유가 있었다.

그러나 어머니는 마을 사람들의 끊임없는 다툼으로부터 묘하게 초연하셨다. 많은 사람들을 상대하시면서도, 어머니는 다투시는 일이 거의 없었다. 아마도 어머니의 인품은 그 사실로 요약될 수 있을 터이다.

미군 부대 일을 그만두셨을 때, 아버지께선 약방을 내셨다. 당시엔 시골에서 약을 팔기만 하는 '약종상' 제도가 있었는데, 아버지께선 시험을 치르시고 그 면허를 받으셨다. 처음엔 아버지께서 약방을 관리하셨지만, 차츰 어머니께서 약방을 맡으시게 되었다. 기지촌에서 약방의 가장 큰 손님들은 색시들이었는데, 그들은 어머니하고 얘기하기를 바랐다. 엄격하게 말하면, 어머니께서 약을 파는 것은 불법이었지만, 실제로는 어쩔 수 없었다.

기지촌의 삶에서 기준일은 미군들이 봉급을 받는 날이었다. 그날 미군들은 병영에서 기세 좋게 나와서 빚을 갚고 색시들에게 '월급'을 주고 가게들에 외상을 갚았다. 마을 사람들도 그 동안 쌓인 외상 빚들을 갚았다. 그리고 다시 다음달 월급날까지 외상 거래가 시작되었다.

미군들이 무슨 일로 오래 나오지 못하면, 기지촌은 물을 주지 않은 화분의 화초처럼 시들었다. 평시에도 '신랑'을 찾지 못한 색시들은 처지가 어려웠다. 그래서 막다른 처지로 몰린 색시가 빚을 남겨둔 채 밤을 타 도망치는 일이 흔했다. 자연히, '누구에게 얼마나 외상을 주느냐' 하는 문제가 기지촌에선 특히 어려웠다.

우리 약방이 우리 마을에선 유일한 의료 기관이었다는 사정이 그 어려운 문제를 더욱 어렵게 만들었다. 이미 외상 빚이 너무 많은 색시가 초췌한 몰골로 찾아와서 외상으로 약을 달라고 하면, 어머니로선 아주 곤혹스러웠다. 약이 필요한 사람을 외상이 너무 많다고 그냥 돌려보낼 수는 없었지만, 인심 좋다는 소리를 들으면서 할 수 있는 장사는 이 세상에 없었다. 그러나 어머니는 매몰참과 헤픔 사이의 그 미묘한 경계를 잘 찾으셨다. 워낙 어려운 처지로 몰리고 사람들의 괄시를 받는 터라, 색시들은 일반적으로 남을 생각하거나 예의를 차리는 사람들은 아니었다. 그래도 우리 마을에 오래 머물었다가 떠나게 된 색시가 어머니에게 그 동안 고마웠다고 인사하는 광경을 나는 여러 번 보았다.

| 4 |

어머니는 한 번도 자신의 운명을 한탄한 적이 없었다. 우리 가족을 기지촌으로 내몬 아버지를 원망한 적도 없었다. "넌 절대로 정치에 발을 들여놓지 마라"고 내게 하신 당부가 전부였다.

내가 어머니를 많이 탁했고 내 딸은 나를 많이 탁한 터라, 딸 아이의 얼굴에 어머니의 얼굴이 겹치는 일이 많다. 그럴 때 나는 속으로 바란다, '내 어머니가 맞은 어려움이 내 딸에겐 닥치지 않기를. 내 딸이 제 할머니의 지혜와 참을성을 지니기를."

비명(碑銘)과 수의(壽衣)

| 1 |

나이가 들면, 누구나 자신의 삶을 돌아다보고 그것에서 질서나 뜻을 찾으려 애쓰게 된다. 그런 노력은 궁극적으로 자신의 삶을 요약한 비명(碑銘)을 생각하는 일로 이어진다.

삶은 힘들다. 모든 종들의 개체들의 목적은 살아 남아서 자식들을 남기는 것이다. 사람도 본질적으로 다르지 않다. 그래서 우리는 자연에 의해 살아 남도록 다듬어졌다. 자연은 우리의 행복에 대해선 마음을 쓰지 않는다. 삶은 힘들 수밖에 없다.

자연히, 나이가 들어 자신의 삶을 돌아다보는 사람들은 흔히 아쉬움을 맛보게 된다. 후회되는 일들은 기억의 후미진 회로들에서 꾸역꾸역 걸어나오고 놓친 기회들은 점점 매혹적 모습으로 다가온다.

그런 마음을 가장 잘 대변하는 비명은 아마도 키츠가 스스로 지은 것이리라: "그의 이름이 물로 쓰여진 사람이 여기 누워있다(Here lies one whose name was writ in water)." 이 비명은 많은 사람들의 가슴에 깊은 울림을 남겨온 듯하다. 패트리시어 하이스미스의 범죄 소설 〈땅속의 리플리〉에 주인공이 로마의 영국 신교도 묘지에서 그 비명을 셋이나 보았다는 구절이 나온다.

아쉽든 흐뭇하든, 자신의 삶을 그렇게 비명으로 요약하는 일은 자연스럽다. 유익하기도 하다. 자신의 삶을 돌아다보고 그것에서 질서나 뜻을 찾으려는 노력은 일상의 거대한 관성에 밀려 허둥지둥 살아가는 대부분의 사람들에게 모처럼 철학적 명상의 기회를 마련해 주어 잃기 쉬운 균형 감각을 되찾도록 한다.

2

그런 점에선 다른 사람의 비명을 짓는 일도 같다. 둘러보면, 읽는 이의 가슴에 울림을 남기는 비명들이 많다. 뛰어난 문학적 작품들도 드물지 않다.

가장 유명하고 감동적인 것은 기원전 5세기 그리스와 페르시아가 싸웠을 때 테르모필레에서 죽은 스파르타 군인 3백 명을 위해 시모니데스(Simonides of Ceos)가 지은 비명일 것이다.

> "가서 스파르타 사람들에게 말하시오, 지나가는 그대여,
> 그들의 법을 지켜 우리는 여기 누웠노라고."

군대가 너무 작아서 싸움에 질 것이 뻔하니, 무기들을 넘기라는 페르시아 왕 크세르크세스(Xerxes)의 말을 사자가 전하자, "와서 빼앗아 가라"고 태연하게 대꾸한 레오니다스(Leonidas) 왕을 따라 싸우다가 죽은 그 영웅들에게 걸맞은 비명이다.

문학 작품의 모습을 한 비명들 가운데 대표적인 것은 키츠의 죽음

을 애도한 셸리의 〈아도나이스: 존 키츠의 죽음에 대한 비가(Adonais: an Elegy on the Death of John Keats)〉다. 그저 아까운 나이에 죽은 친구를 슬퍼한 것이 아니라 한 시인이 다른 시인의 삶을 살핀 작품이다. 키츠의 비석엔 그가 스스로 지은 비명이 아니라 위대한 시인에게 걸맞은 이 작품의 한 구절이 새겨져 있다.

"그는 이제 그가 한때 아름답게 만들었던
아름다움의 한 부분이다."

He is a portion of the loveliness
Which once he made lovely.

미국 남북 전쟁에서 죽은 북군을 추도한 멜빌(Herman Melville)의 〈프레데릭스벅의 메어리스 하이츠를 위한 비명(Inscription for Marye's Heights, Fredericksburg)〉과 하우스먼(Alfred Edward Housman)의 〈용병부대를 위한 비명(Epitaph on an Army of Mercenaries)〉도 죽은 사람들에 대한 따스한 눈길을 절제된 목청으로 읊은 작품들이다.

3

우리 사회에선 비명을 짓는 일이, 자신의 것이든, 남의 것이든, 드물다. 비석의 앞 면에 본관과 이름을 새기고, 난 때와 죽은 때를 덧붙이고 뒷 면엔 자식들의 이름을 새기는 것이 보통이다.

그런 관행은 비명에 관한 우리 사회의 전통이 이어진 것이다. 우리 선조들 가운데 비명을 스스로 지은 이는 없었던 듯하다. 대신 다른 사람들이 고인의 행적과 일화들을 길게 소개한 글을 비석에 새겼다. 비명이 대체로 짧은 운문으로 된 서양의 관행과는 크게 다르다. 애사(哀詞), 뇌(誄), 행장(行狀), 묘지(墓誌)와 같은 글들이 모두 길다.

그런 글들 가운데 비교적 짧은 것은 제문(祭文)이다. 포은(圃隱)의 〈제김득배문(祭金得培文)〉의 뒷 부분을 인용해본다.

"비록 그 죄가 있다 하더라도, 공으로써 그것을 감싸는 것이 옳고, 죄가 공보다 무겁다면, 반드시 돌아와 그 죄를 자복하게 하고 그 뒤에 죽이는 것이 옳은데, 어찌하여 땀 젖은 말이 마르지 않고 개가가 파하기 전에 태산 같은 공을 칼날의 피로 돌려 놓았는가. 이것이 내가 피눈물을 흘리면서 하늘에 묻는 바이다.

雖有其罪 以功掩之可也 罪重於功 必使歸服其罪 然後誅之可也 奈何汗馬未乾 凱歌未罷 遂使泰山之功 轉爲鋒刃之血歟 此吾所以泣血而問天者也

김득배(1312~1363)는 고려 말기의 문신인데, '홍건적(紅巾賊)의 난'에서 군사 지휘관으로 큰 공을 세웠다. 그러나 홍건적을 물리친 장군들의 공을 시기한 권신 김용(金鏞)의 모함으로 정세운(鄭世雲), 안우(安祐)와 함께 죽임을 당했다. 나라를 구한 영웅의 비참한 운명을 슬퍼하는 마음이 빼어난 글에 담겨서, 포은의 글은 읽는 이의 가슴을 후려친다.

어쨌든, 비명을 길게 쓰는 관행은 후세로 이어져서, 큰 비석이 서면, 아직도 옆과 뒤에 빽빽이 죽은 이의 행적을 새긴다. 그러나 큰 비석을 세우고 행정을 새기는 일이 점차 어려워지면서, 죽은 이에 관한 간단한 정보들만을 새기는 관행이 자리잡게 되었다. 부부를 합장하고 비석을 하나만 세우는 관행도 비명이 쓰일 자리를 없애고 있다.

4

생각해 보면, 비명에 별다른 관심을 두지 않는 우리 사회의 관행은 적잖이 아쉽다. 모든 삶은 진지한 평가를 받을 만큼 흥미롭고 교훈적이다. 당연히, 삶에 걸맞은 비명을 얻어야 한다. 힘든 삶을 산 사람의 비석에 새겨진, 서양의 대표적 비명인 "편히 쉬소서 (RIP)"는 얼마나 적절하게 느껴지는가.

죽음을 앞에 두신 어머니께선 자식들 앞에선 태연하셨다. 대신 간병인에게 고백하셨다, "죽어서 묻히면, 흙이 너무 무거울까 걱정이 돼서…" 로마 시대 이래 흔히 쓰여온 비명인 "그대 위에 흙이 가볍게 얹히소서"가 눈에 뜨이면, 그래서 어머니께서 누우신 무덤을 쓸쓸하고 답답한 마음으로 떠올리게 된다.

비명에 관심을 보이지 않는 대신, 우리 사회는 수의에 큰 관심을 보인다. 윤달에 수의를 장만하면, 당사자가 오래 산다는 속설 덕분에 요즈음 삼베 장사가 호황을 누리는 판이다. 죽은 이의 삶을 간결하게 드러낼 비명을 찾는 대신 죽은 뒤에 입을 옷에 적잖은 투자를 마다하지 않는 풍속은 우리의 정신적 풍토를 새삼스럽게 둘러보도록 한다.

우리 사회의 그런 야릇한 물질주의는 실은 뿌리가 깊다. 초정(楚亭) 박제가(朴齊家)의 〈북학의(北學議)〉에서 그런 사정을 엿볼 수 있다.

"우리나라에선 해마다 수만 냥의 은을 중국에 수출하여 약과 비단으로 바꿔 온다. 그런데 저쪽 은을 우리 물건으로 바꿔 오는 일은 없다. 무릇 은은 천년이 지나도 망가지지 않는 물건이다. 약은 사람이 먹으면 반나절에 소화되어 버리고 주단은 사람을 장사 지내는 데에 쓰이면 반 년에 썩어버린다. 천년에도 망가지지 않는 물건으로 반나절, 반 년에 닳아 없어지는 도구들을 바꿔 오고 한정된 산천의 재화를 한번 내보내면 돌아오지 않는 곳에 수출하니, 은이 나날이 귀해질 수밖에 없다."

수의에 관심을 쏟는 일엔 실질적 문제도 따른다. 삼베 값이 비싼 터에, 초정 선생 말씀대로 "반 년이면 썩어버릴" 수의에 굳이 삼베를 써야 할까? 고인의 체취가 배어 있고 살아남은 이들에게 고인의 기억을 되살리는 옷은 어째서 수의가 될 수 없는가? 몸에 제대로 맞지도 않고 낯설기만 한 삼베 옷보다는 생전에 즐겨 입던 옷이 고인에게 훨씬 잘 어울릴 터이다. 더구나 고인의 옷가지는 모두 버려질 터이므로, 따로 수의를 장만하는 것은 사회적 손실이기도 하다.

장례는 유난히 전통의 영향이 강한 의식이다. 그래서 좋은 수의를 장만하는 일에 관심과 돈을 들이기보다는 죽은 이의 삶에 어울리는 비명을 생각해내는 것이 낫다는 얘기는 아직 설 땅이 좁다. 아쉽다.

창조적 재능을 가꾸는 길

| 1 |

광복 반 세기를 기념하는 행사들이 풍성해서, 이번 여름은 텔레비전 앞에 앉는 것이 즐거웠다. 해외에서 활약하는 음악가들이 뛰어난 기량을 드러낸 무대들은 특히 반가웠다.

그러나 그런 무대가 끝나면, 아쉬운 마음이 들곤 했다. 그들이 부르거나 연주한 곡들은 거의 다 외국인들이 만든 것들이었다. 서양 음악을 받아들인 지 한 세기가 된 지금, 우리는 그것의 재현에선 상당한 수준에 이르렀지만 창조에선 이룬 것이 많지 않다.

이것은 작은 일이 아니다. 음악의 창조와 재현에 필요한 재능은 본질적으로 다르고 그것들에 매겨지는 가치도 차이가 크다. 연주와 작곡 양쪽에서 큰 명성을 얻는 모차르트나 쇼팽의 업적에서 연주와 작곡이 공헌한 몫을 생각해보면, 이 점이 잘 드러난다.

어떤 뜻에서 훨씬 더 심각한 문제는 우리가 창조와 재현 사이에 있는 그런 차이에 둔감하다는 사실이다. 거의 모든 사람들은 가수나 연주자를 키워내는 것이 음악에서 가장 중요한 일이라고 여긴다. 실은 음악 전문가들까지 자주 그런 태도를 드러낸다.

안타까운 것은 이런 현상이 우리 사회의 모든 부면들에 퍼졌다는 점이다. 창조성이 특히 중요한 기술 분야는 이 점을 또렷이 보여준다. 우리 기술자들이 무엇을 개발했다는 기사엔 거의 언제나 '세계에서 두 번째' 라는 말이 자랑스럽게 따른다. 그러나 기술 개발에서 두 번째가 어떻게 큰 가치를 지닐 수 있겠는가? 때로는 다른 공정을 찾아내기도 하지만, 역시 창조와는 거리가 멀다. 그런 개발은 높은 평가도 큰 값도 받지 못한다.

| 2 |

우리 사회에서 창조적 재능과 활동이 드문 데는 물론 여러 요인들이 복합적으로 작용했을 터이다. 한가지 분명한 것은 우리 풍토가 창조적 재능과 활동을 높이 여기지 않는다는 사정이 근본적 요인이란 점이다. 그런 상태에선 무엇을 창조하려는 노력이 활발하게 나올 수 없다.

기술 개발에서 그 사실이 잘 드러난다. 남들이 밟지 않은 땅을 가는 일이라, 창조적 연구와 개발엔 큰 위험이 따른다. 그것보다는 남들이 낸 길을 따라가는 편이 안전하고 연구비를 타기도 오히려 수월하다. 그래서 새로운 기술을 창조하는 것보다는 외국에서 개발된 기술들을 재현하도록 만드는 힘이 늘 거세게 작용한다.

그렇다. 창조성을 높이 여기도록 사회 풍토를 바꾸는 것은 그 만큼 어렵고 더디다. 지식 자체를 가르치기보다 스스로 지식을 찾는 길을 가르치는 교육이나 야심찬 목표들을 위한 장기적 투자와 같은 방안들이 눈에 뜨이지만, 그것들을 막상 시행하기는 무척 어렵다.

가장 현실적인 길은 지적 재산권을 적극적으로 보호하는 것이다. 외국의 지적 재산들을 제값을 치르고 들여오지 않았던 터라, 우리 사회에선 지적 재산권이 아직도 제대로 인정되지 않고 있다. "발명한 사람은 재산을 날리고 모방자들만 돈을 번다"는 발명가들의 하소연이 방송에 여러 차례 나와도, 정부는 아무런 반응을 보이지 않는다. 그러나 지적 재산권에 대한 인식이 높아지지 않고선, 창조적 노력을 기대하기 어렵다.

| 3 |

여기서 주목할 것은 발명가들의 지적 재산권을 존중하는 것이 작은 기업들에게 실질적 도움을 준다는 사실이다. 작은 기업의 창업은 흔히 어떤 발명이나 창안을 계기로 이루어진다. 남의 발명을 그냥 쓰는 '무임승차자' 들로부터 발명가들을 적극적으로 보호하는 것은 실속이 있는 중소기업 정책이다.

특허는 발명에 주어진 독점적 권리가 창조적 활동을 북돋아서 사회의 이익이 커지도록 하는 제도다. 창조적 활동의 중요성이 새롭게 인식되면서, 선진국들에선 지적 재산의 범위를 늘리고 거증 책임을 발명가들에게 유리하도록 만드는 방향으로 특허 제도가 진화하고 있다. 그러나 우리 사회에선 특허 제도가 여전히 허술하고 관료주의적으로 시행된다. 창조적 재능을 가꾸는 데, 특히 발명가들의 창업을 보호하는 데, 실질적 도움을 줄 특허 제도의 진화를 기대해본다.

이름짓기에 관한 성찰

1

근년에 우리 사회의 풍토에서 나온 현상들 가운데 거의 언급이 되지 않지만 중요한 함의들을 품은 것이 이름짓기에서 나온 변화다. 많은 분야들에서 한자에 바탕을 둔 전통적 이름짓기는 서양 언어들에 바탕을 두었거나 서양적 냄새를 풍기는 이름짓기로 대치되었다. 거리의 간판들이 그 사실을 일러준다.

돌아다보면, 그런 변화는 개항 이후 꾸준했으며 해방 뒤엔 부쩍 큰 운동량을 얻었다. 그리고 점점 가속될 것으로 보인다. 서양식 이름들이 새로운 것들, 새로운 기술들, 그리고 높은 품질과 관련이 깊은 것처럼 인식된다는 사실도 눈 여겨 볼 일이다. 그런 추세를 거스르는 것이 큰 위험을 안는다는 사실은 곳곳에서 발견된다. 잘 알려진 예는 휴대용 전화기의 이름짓기에서 또렷이 드러났다. 서양식 이름을 가진 전화기는 이른바 '히트 상품' 이 되었지만, 전통적 이름을 가진 전화기는 그것의 실용적 가치와는 상관없이 실패작이 되었다.

이름짓기는 언어와 의사소통에서만이 아니라 모든 지적 활동에서 본질적 부분이다. 그래서 이름짓기에서의 변화는 사회적 풍토에서 나온 본질적 변화를 가리키고 당연히 진지한 성찰의 대상이 될 만하다.

2

우리 역사에서 이름짓기에 큰 변화가 일어난 때를 살피면, 그 점이 더욱 분명해진다. 뒤에 우리 민족을 이룬 여러 종족들이 어떤 방식으로 이름들을 지었는가 지금은 알 길이 거의 없다. 현존하는 이름들은 모두 한자로 음역되어 남았는데, 원래의 뜻을 추측하기는 실질적으로 불가능하다. 우리 민족이 본격적으로 중국식 이름을 짓기 시작한 것은 삼국시대에 당시 융성한 제국 당(唐)의 문화를 널리 받아들인 데서 비롯했다. 신라가 다른 두 나라들을 아우르는 통일 국가를 세우자, 비로소 우리 민족의 주류가 생겼고, 그때 거의 모든 분야들에서 중국식으로 이름을 짓기 시작했다. 중국과 우리 사이의 문화적 격차가 워낙 컸으므로, 그런 변화는 필연적이었다. 새로운 문물을 받아들일 때, 사물의 실질만이 아니라 이름까지 따라오는 것이 자연스럽다.

지금 우리가 점점 많은 사물들에 서양식 이름을 붙이는 것은 실은 우리가 서양 문명을 받아들이는 과정의 한 측면일 따름이다. 그래서 서양에서 나온 문물에 전통적 이름들을 붙이는 일이 그리도 힘들고 비경제적인 것이다.

그 동안 우리가 우리 전통을 그런대로 이어왔다는 것이 우리 사회에 널리 퍼진 정설이다. 찬찬히 들여다보면, 그런 생각은 현실과 큰 거리가 있음이 드러난다. 우리 사회의 구성 원리인 자유민주주의와 우리의 삶을 실제로 이끄는 원칙인 과학에서부터 예술이나 대중 문화에 이르기까지, 우리 전통은 거의 다 서양 전통에 밀려났다. 아마도 유일한 예외는 한의학일 것이다. 물론 우리 전통을 이용한 창조적 노력도 나온다. 그러나 그것들도 대부분 서양 문명의 바탕과 시각에서 우리 전통을 소재로 삼거나 재해석한 것들이다.

새로운 이름짓기는 특히 우리 언어 생활에서 나온 변화들과 관련이 깊다. "누네띠네"나 "제누네"는 그저 새로운 모습의 과자 이름이나 안경점 이름이 아니다. 그것은 우리 민족어가 서양 언어들의, 특히 세계어로 자리잡은 영어의, 영향을 받고 있다는 사실을 드러낸다. 그것은 실은 영어가 우리 사회의 공용어로 자리잡는 긴 과정의 첫걸음이다.

| 3 |

이처럼 이름짓기에서의 변화는 드러난 것보다 훨씬 깊은 뿌리를 가졌고 근년에 우리 사회의 풍토에서 나온 근본적 변화들을 가리킨다. 앞으로 서양식 이름짓기가 점점 널리 퍼지리라는 것도 분명하다. 따라서 그렇게 새로운 이름짓기로의 이행을 보다 질서있고 합리적으로 만드는 일은 중요하다.

이 점은 서양 이름들을, 책의 제목이든 영화나 소프트웨어의 제목이든, 옮기는 데서 잘 드러난다. 요즈음 거의 모든 서양 영화 제목들은 음역된다, 〈백투더퓨처〉나 〈다이너스티〉처럼. 실은 〈투캅스〉처럼 우리 영화들도 음역된 영어 이름을 갖기 시작했다.

그런 음역이 불러오는 문제들은 여럿이다. 우리 시민들 다수에게 〈백투더퓨처〉나 〈다이너스티〉는 알아듣기 힘들다. 그러나 그런 이름들이 새로운 기술이나 높은 품질과 관련이 있는 것으로 여겨지는 한, 음역은 이어질 것이다.

따라서 그런 제품들을 파는 이들에게 애국심이나 시민 정신으로 호소하는 일은 부질없다. 알아듣기 어려운 음역이 알아듣기 쉬운 전통적 이름보다 더 많은 고객을 끌어들이리라고 그들이 믿는 한, 그런 이름짓기는 이어질 것이다. 우리가 한껏 바랄 수 있는 것은 너무 비합리적이거나 조잡해서 당사자들에게도 이익이 될 수 없는 관행을 막는 것이다.

| 4 |

이내 생각나는 것은 우리 사회에 이미 뿌리를 내린 번역을 될 수 있는 대로 존중하는 것이다. 제인 오스텐(Jane Austen)의 〈Sense and Sensibility〉는 오래 전에 〈지성과 감성〉으로 번역되었고, 이제 그 이름이 자리를 잡았다. 그것은 원제의 뜻을 잘 살리면서 각운까지 갖추어서 더할 나위 없을 만큼 멋진 이름이다. 그러나 그 작품을 바탕으로 삼은 영화는 〈센스, 센서빌리티〉라고 음역되었다. 그 이름이 무엇을 뜻하는지 알 사람이 우리 사회에 몇이나 될까? 게다가 그것은 오역이다. "and"는 ","과 분명히 다르다. 〈지성과 감성〉으로 번역하고 그것이 제인 오스텐의 작품에 바탕을 두었다고 선전했다면, 배급업자가 상당한 손해를 보았을까?

어쩌면 이것은 무리한 주문인지도 모른다. 그 영화가 처음 외국에서 소개되었을 때, 우리 신문들에 나온 기사들에서 〈지성과 감성〉이란 제목은 보이지 않았다. 대신 〈감각과 분별〉이나 〈감성과 지성〉이라는 제목들이 눈에 띄었다. '주요 일간지들의 문화부 기자들이 쓴 기사들이 그러한데, 영화 배급업자들에게서 과연 무엇을 기대할 수 있을까' 라는 탄식이 나올 수밖에 없다.

그래도 〈지성과 감성〉이란 번역을 쓰지 않은 것은 그저 무지에서 나온 터라, 바로잡기가 비교적 쉽다. 무지에 오만이 겹쳤을 경우, 얘기는 훨씬 복잡해진다. 올더스 헉슬리(Aldous Huxley)의 〈The Brave New World〉는 이미 〈멋진 신세계〉라고 멋지게 번역되어 뿌리를 튼튼히 내렸다. 그런데도 굳이 〈용감한 신세계〉라고 용감하게 오역한 것을 본 적이 있다, 그것도 주요 일간지 기명 논설란에서.

이름의 기능을 생각하면, 한 사물에 한 이름이 붙여지고 통용되는 것이 바람직하다. 따라서 이미 자리잡은 번역은, 틀렸거나 조잡하지 않으면, 존중되어야 한다. 이 점에서 외국의 관행은 참고할 만하다. 프루스트의 〈잃어버린 시간을 찾아서(A la Recherche du Temps Perdu)〉는 영어로는 늘 〈Remembrance of Things Past〉로 일컬어진다. 그 제목은 원래 1920년대에 스코트-몽크리프(C. K. Scott-Moncrieff)가 영역하면서 붙인 것이다. 원제와 뜻이 상당히 차이가 있어서, 새로운 제목이 나올 만도 한데, 지금도 여전히 그 제목이 존중된다. (셰익스피어의 소네트에서 나온 터라, 그 제목은 무게를 지녔지만.) 우리가 곰곰 생각할 대목이다.

작은 말

1

말을 조심스럽게 골라 쓰는 일은 중요하다. 말은 생각의 수단이므로, 쓰이는 말의 질은 생각의 질에 영향을 미치고 생각의 질은 거의 그대로 행동에 반영된다.

요즈음 우리 사회에선 말에 대한 관심이 적다. 그래서 경우에 비해 너무 큰 말들을 거칠게 쓰는 경향이 있다. 흔한 예로는 "너무 너무 좋다"는 식으로 강조하는 것을 들 수 있다. "너무 좋다"로는 모자란다는 심리에서 나온 현상이겠지만, 추천할 만한 것은 아니다. 실은 논리적으로 적절하지 못하다. 좋은 일이나 아름다운 것에 지나침이 있기 어렵다. "너무 좋다"는 표현은 "그냥 버려두기엔 너무 좋다"와 같은 경우에도 쓰일 수 없다. 위의 경우에 적절한 표현은 "아주 좋다"나 "무척 아름답다"일 것이다. 그러나 "너무"를 "매우"나 "무척"의 뜻으로 쓰는 것이 관행이 된 터라, 굳이 따지는 것이 이상할지도 모르겠다.

| 2 |

어쨌든, 직업의 성격상 아무래도 과장하는 경우가 많은 정치가들의 얘기들에선 그런 경향이 특히 두드러진다. 정치적 협상에서 양보한 상대에게 하는 덕담으로 흔히 쓰이는 "살신성인(殺身成仁)"은 전형적이다. 이 말은 "뜻 있는 선비와 어진 사람은 (죽어야 할 자리에서) 삶을 구함으로써 어짐을 해치지 않고 몸을 죽여서 어짐을 이룬다(志士仁人 無求生以害仁 有殺身以成仁)"는 공자 말씀에서 나왔다. 비장한 기운이 감도는 이 말은 그런 덕담으로는 아무래도 어울리지 않는다.

잘못이 드러났을 때, 크게 뉘우친다는 뜻으로 으레 쓰이는 "뼈를 깎는 아픔으로"라는 표현도 너무 거칠다. 자신을 아주 가혹하게 꾸짖는 사람도 뼈를 깎는 아픔을 맛보는 일은 드물 터이다. 그 말을 들을 때면, 나는 뼈를 깎는 것이 실제로는 그리 아프다고 할 수 없다는 생각이 떠오른다. 뼈에는 신경이 적을 터이므로, 이왕 몸을 도려낸다는 식의 지독한 표현을 쓰려면, "살을 도려내는 아픔"이라고 하는 것이 훨씬 그럴 듯하다.

| 3 |

그렇게 큰 말을 거칠게 쓰는 일은 너무 흔해서, 어지간한 것들은 심상하게 여겨지지만, 찬찬히 살펴보면, 뜻밖의 곳에서도 그런 경향을 만난다. "우리 모두가 공범"이라는 표현이 그런 예다. 사회 생활에서 좌절을 맛본 사람들이 화풀이로 사람들을 마구 죽인 경우, 으레 그런 표현이 나온다.

과연 사회가 그런 사람들이 좌절감을 느끼지 않을 만큼 그들의 욕망을 충족시켜 주어야 하느냐 그리고 실제로 그렇게 할 수 있느냐 하는 물음들은 선뜻 대답이 나오지 않는 복잡하고 어려운 물음들이다. 설령 그렇게 하는 것이 옳고 우리 사회가 실제로 그렇게 할 수 있다 하더라도, "우리 모두가 공범"이란 표현은 분명히 지나치다. 실은 그르다. 공범은 원래 법률 용어로 어떤 행동에 대해 책임의 소재를 가리키는 말이다. 그래서 공범들은 모두 벌을 받아야 한다. 아마도 그 말을 쓴 사람들도 그들 자신들을 포함한 모두가 벌을 받아야 한다는 뜻은 아니었을 것이다. "우리 모두가 도덕적 책임을 느껴야 한다"는 식의 표현으로 그들의 뜻이 충분히 전달되었을 터이다.

| 4 |

큰 말을 거칠게 쓰는 것은 섬세한 생각과 또렷한 추론을 어렵게 한다. 정밀 공구를 써야 하는 일에서 망치처럼 무딘 연장을 휘두르는 것과 비슷하다.

그런 사정은 "우리 모두가 공범"이란 말에서 잘 드러난다. 어떤 잘못에 대해 책임을 지우는 것은 궁극적으로 그런 잘못이 되풀이되지 않도록 하려는 사회적 제도다. 따라서 사회의 구성원 모두를 공범으로 모는 것은 실질적 뜻이 없다. 모두의 책임은 실제로는 누구의 책임도 아니기 때문이다. 책임은 선택적으로 묻는 것이지 구성원 모두에게 묻는 것이 아니다. 구성원 모두에게 책임이 있다면, 사람의 천성이나 사회 구조 자체에 문제가 있고 그것을 고쳐야 하기 때문이다. 그렇게 말을 잘못 쓰고서 논리적이고 또렷한 생각을 할 수는 없다. 자연히, 그런 말을 쓰는 사람들의 얘기는 거의 언제나 구체적인 개선책이 제시되지 않은 감상적 인도주의의 피력으로 끝난다.

그런 감상적 인도주의의 폐해는 보기보다 크다. 그것은 자신의 불운의 원인을 자신에게서 찾아 반성하고 분발하도록 하는 대신, 다른 사람들의 잘못으로 돌려 공격적으로 화풀이하려는 아주 잘못되고 위험한 성향을 조장한다. 가정 불화나 거듭된 실직으로 좌절감을 느낀다는 사실이, 나는 이왕 죽기로 했으니, 잘사는 사람들에게 "복수"하겠다고 무고한 사람들에게로 마구 차를 모는 일을 조금이라도 정당화하는 것은 아니다.

그런 감상적 인도주의의 폐해는 그것이 사람의 성격에 관한 잘못된 견해에서 나왔다는 사실에서 비롯한다. 20세기의 전 기간에 걸쳐, 사람의 성격에 관한 이론에서 정설의 자리를 차지한 것은 막 태어난 사람의 마음이 백지와 같다는 이론이었다. 사람의 성격과 행태는 후천적 학습에 의해 결정된다는 얘기다. 미국 심리학자 스티븐 핑커(Steven Pinker)는 그런 이론을 '빈 석판(Blank Slate)' 이라 불렀다.

그러나 '빈 석판' 이 그른 이론이라는 증거들은 이미 오래 전부터 알려졌고 근년에는 빠르게 늘어났다. 이제는 사람의 마음은 태어날 때 이미 내재적 조직을 지녔다는 이론이 정설이 되었다. 사람의 성격은 태어날 때 이미 거의 결정된다는 얘기다.

그른데도 널리 받아들여졌으므로, '빈 석판' 은 그 동안 크고 작은 폐해들을 많이 낳았다. 범죄의 처벌과 관련해서는, 그것은 직접적으로 큰 폐해를 낳았다. 만일 사람이 태어날 때 지닌 백지와 같은 마음에 사회가 갖가지 지식들을 새긴다면, 개인의 행위에 대한 책임에서 큰 부분이 사회로 돌아가게 되고 정작 잘못을 저지른 개인은 많이 면책된다는 추론이 나온다. 이런 추론은 실제로 범죄자들을 다루는 법관들의 태도에 결정적 영향을 미쳤다. 핑커의 표현을 빌리면, "모든 악은 사회의 산물이라는 낭만적 생각은 무고한 사람들을 서슴없이 죽인 위험한 정신병자들의 방면을 정당화했다(The romantic notion that all evil is a product of society has justified the release of dangerous psychopaths who promptly murdered innocent people.)"

5

우리 삶엔 지나친 것보다는 좀 모자라는 것이 차라리 나은 경우들이 드물지 않다. 말도 그러하니, 서양 사람들이 '줄여서 말하기(understatement)' 라 부르는 것은 흔히 과장보다도 효과적이다. 나는 우리 말에 'understatement' 에 상응하는 낱말이 없다는 것이 꽤나 아쉽다. 줄여서 말하기는, 잘 쓰이면, 듣는 이들에게 겸손만이 아니라 여유와 해학을 전달할 수 있다. 자신이 죽었다는 보도가 나오자, 마크 퉤인이 통신사에 보낸 "내가 죽었다는 보도는 과장이었습니다(The report of my death was an exaggeration)"라는 전문에서 우리는 점잖은 나무람 속에 담긴 여유와 해학을 맛본다.

경우에 맞는 '적절한 말(le mot juste)' 을 골라 쓰면, 우리는 언제나 흐뭇해진다. 그런 흐뭇함은 어떤 일에 딱 맞는 연장을 골라 써서 일을 깔끔하고 경제적으로 해냈을 때 맛보는 흐뭇함이다. 실질적 이득을 떠나서, 그것은 우리의 미적 감각을 부드럽게 쓰다듬는다.

심판의 중요성

1

얼마 전에 열린 동계 아시안 게임의 빙상 경기에서 한국 심판의 공정하지 못한 판정이 국제적 추문이 됐다. 한국 심판에 의해 우승 후보 선수들이 거푸 실격된 중국 팀은 한때 출전을 거부하기까지 했다. 우리 신문들은 대체로 그 사건을 가볍게 다루었다. 찬찬히 생각해보면, 그러나 그것은 결코 작은 문제가 아님이 드러난다.

경기의 열기 속에서 선수나 감독이 규칙을 어기거나 비신사적 행동을 하는 것은 이해하기 그리 어렵지 않다. 그리고 대개 그런 행위에 대한 벌칙이 마련되어 있으므로, 경기의 효력이나 재미는 별다른 영향을 받지 않는다. 심판의 공정하지 못한 판정은 사정이 다르다. 그것은 경기의 존재 이유를 허무는 것으로 경기를 근본적 차원에서 위협한다.

운동 경기의 가장 두드러진 특질은 또렷하고 공정한 규칙들을 가졌다는 점이다. 반면에, 흔히 생존 경쟁이라고 불리는 현실의 경기들에선 규칙들이 또렷하고 공정한 경우가 드물다. 우리가 운동 경기에서 깊고 깨끗한 즐거움을 맛보는 것은 바로 그 사실 덕분이다. 따라서 심판의 잘못된 판정은 경기자들과 관전자들이 경기에서 맛보는 즐거움을 크게 줄인다.

추문이 커진 뒤에도, 체육회 사람들은 그 심판을 두둔했다, 경기에서의 좋은 성적이 국위를 선양한다는 것을 변명으로 삼아. 이것은 분명히 틀린 주장이다. 비록 거센 민족주의적 감정에 묻혀 흔히 잊혀지지만, 국제 운동 경기에 참가하는 것은 본질적으로 개인들이지 나라들이 아니다.

운동 경기에서의 좋은 성적이 나라 위신을 크게 높인다는 얘기도 많이 에누리해서 들어야 한다. 만일 운동 경기에서의 성적이 그렇게도 중요하다면, 옛 소련이나 동독은 흉측한 잔해를 남기고 사라진 대신 국제 사회에서 존경을 받고 있을 터이고 성적이 나쁜 영국은 멸시를 받을 터이다. 운동 경기가 이젠 단순한 오락이 아니고 여로 모로 중요한 산업이 됐지만, 사회의 근본은 역시 민주적 정치와 발전된 경제다. 브라질의 경우가 말해주듯, 축구 선수들의 뛰어난 발 재간이 그런 근본의 취약함을 메우는 데는 역시 한계가 있다.

어쨌든, 이번 일은 우리 나라의 위신을 높이는 데 실패했다. 심판의 억지로 얻은 몇 개의 금 메달로 높아진 국위의 크기는 텃세가 지나치게 심한 후진국이라는 외국 사람들의 평가로 낮아진 국위의 크기보다 훨씬 작을 터이다.

불공정한 심판의 폐해는 국제 경기들에서 또렷이 드러나지만, 그것은 국내 경기들에서도 큰 해를 끼친다. 운동 경기는 소비의 최종 단계에 있는 상품이어서 원가가 무척 크다. 운동 선수들과 그들을 지원하는 인력의 급료, 경기장의 건설과 유지에 드는 비용의 할당액, 경기 용품, 그리고 관객들의 시간과 돈을 합치면, 조그만 경기도 엄청난 값이 나간다. 따라서 심판답지 못한 심판이 경기의 재미를 떨어뜨리는 것은 사회적 가치를 크게 줄이는 셈이다.

| 3 |

심판의 불공정한 행위는 큰 문제를 또 하나 일으킨다. 운동 경기는 어린이들이 가장 열심히 본다. 운동 경기가 또렷하고 공정한 규칙을 가졌으므로, 그들은 규칙을 지키는 것이 중요하다는 교훈을 거기서 얻는다. 심판답지 못한 심판에 의해 망쳐진 경기에서 그들은 무엇을 배울까? 아마도 이것이 눈 먼 애국심이나 탐욕으로 본분을 잊은 심판들로부터 우리 사회가 입는 가장 큰 손해일 것이다.

시민들의 활동을 규제하는 사회의 기본 규칙은 법이다. 그리고 법을 집행하는 사람들은, 곧 경찰관이나 검사들이나 판사들은, 가장 중요한 심판들이다. 이번 '검찰 파동' 이 우리 사회에 큰 충격을 주었다는 사실이 가리키는 것처럼, 그런 심판들의 중요성은 모두가 잘 안다.

그러나 그런 심판들은 대체로 어린이들과는 떨어져서 움직인다. 어린이들에게 가장 친숙한 심판들은 역시 운동 경기의 심판들이다. 그리고 어린이들은 그 심판들의 행동에서 사회의 가장 중요한 원칙인 '법의 지배' 에 대해 배운다. 당연히, 운동 경기의 심판들은 장기적으로 큰 사회적 영향력을 지닌다.

우리는 이 점에 대해 깊이 생각해야 한다. 그리고 심판의 자질을 높이기 위한 투자에 인색하지 말아야 한다.

내 마음속 낡은 팻말 하나

1

군 복무는 평시에도 힘들므로, 누구나 자신이 군복을 입고 지낸 때와 곳은 또렷이 기억할 것이다. 내가 복무했던 1960년대 후반은 북한이 휴전 뒤 가장 공격적 자세를 보였던 때였다. 북한 무장 공비들의 청와대 습격, 북한이 미군 첩보수집함 푸에블로 호를 납치한 사건, 무장 공비들이 울진과 삼척에 침투한 사건, 그리고 미군 정찰기 EC 121기가 북한군에 의해 격추된 일 따위 큰 사건들이 그때 일어났다. 그리고 날마다 북한 특공대들이 휴전선을 넘어와서 우리 군인들을 죽이고 도망쳤다. 그래서 내가 두 해를 지냈던 전방의 모습들엔 아직도 팽팽한 기운이 어린다.

나는 5군단 지역인 강원도 철원과 김화에서 복무했다. 그 두 지역은 북쪽의 평강과 함께 6.25 전쟁의 가장 치열한 싸움터들 가운데 하나인 '철의 삼각지대'를 이룬다. '백마고지(白馬高地)'와 '저격능선(狙擊陵線)'과 같은 유명한 싸움터들이 바로 거기 있다.

155밀리 곡사포 대대의 관측장교였으므로, 나는 많은 봉우리들에 올라가서 사탄(射彈) 관측을 했다. 그래서 군대에서의 기억들 가운데 많은 것들이 관측소에 관한 것들이다. 특히 5군단 포병 사격장이 있는 용화동은 내 가슴 한구석에 또렷이 남아있다.

| 2 |

용화동은 사방이 산으로 막힌 분지에 자리잡은 조그만 마을이다. 내가 복무했을 때, 용화동 사람들은 사격장의 표적 지역에 떨어진 포탄의 쇳조각들을 주어 생계를 꾸려갔다. 그래서 포병 병사들은 용화동 사람들을 '불가사리' 라고 불렀다. 불가사리는 곰 몸뚱이, 무소 눈, 코끼리 코, 소 꼬리에 범 다리를 가졌고 쇠를 먹을 수 있다는 상상 속의 짐승이다. 쇳조각들을 주워 살아간다고 해서, 그들에게 그런 이름이 붙었던 것이다. 그러나 그들이 즐겨 주운 것은 실은 쇳조각들이 아니라 값이 많이 나가는 신동(伸銅)으로 된 신관들이었다.

어쨌든, '삶의 현장' 이 표적 지역인 까닭에, 그들의 직업은 아주 위험했다. 사격장에 대한 사격은 엄격한 일정에 따라 시행됐지만, 때로는 갑작스럽게 실시되는 사격들도 있었고, 비록 마을에 미리 알리고서 사격이 시작됐지만, 일이 잘못될 가능성은 늘 있었다. 실제로 드물지 않게 그런 사고들이 일어났다.

한번은 내가 관측 임무를 하고 있는데, 용화동 쪽에서 사람 하나가 뛰어 올라왔다. 가파른 산길을 헉헉거리면서 올라온 그 사람은 한참 동안 제대로 말을 하지 못하고 팔을 허우적거리면서 표적 지역을 가리키기만 했다. 사람들이 그리로 올라갔단 얘기였다.

내가 사격을 중지시키려고 무선병에게로 몸을 돌리는데, 무전기에서 "떴다. 이상"하는 포대 사격지휘본부의 통보가 나왔다. 포대의 155

밀리 곡사포 여섯 문이 한꺼번에 쏘는 효력사(效力射)였다. "떴다. 기다리시오" 하고 응답하는 무선병의 목소리가 가늘게 떨렸다. 나는 멍한 마음으로 표적 지역을 바라보았다.

마침 백린탄(白燐彈)을 쏘았다. 흰 연기 사이로 주홍 불꽃들이 새겨진 여섯 송이 꽃들이 아름다웠다. 마음을 가라앉히고, 나는 사격 효과를 보고했다.

포탄이 떨어지는 것을 보자, 그 사람은 눈에 핏발이 섰다. 오늘은 사격이 없다고 해놓고서, 아무런 통보도 없이 사격하면, 모두 죽으라는 얘기냐고 입에 거품을 물고 나에게 따졌다.

난처했다. 그 사람이 화를 내는 것은 당연했고 표적 지역에 올라간 사람들이 걱정되었지만, 관측장교가 선불리 책임을 인정할 수도 없었다. 마음을 도사려먹고 나는 사무적 어조로 대꾸했다, 우리는 책임이 없다고. 우리는 3사단에서 나왔는데, 포병사령부에서 사격해도 좋다고 해서, 우리 포대가 사격했을 터이니, 3사단 포병사령부에 가서 따져보시오, 라는 식으로 설명했다.

그 사람은 말문이 막혔다. 3사단 포병사령부의 누구한테 가서 따진단 말인가? 물론 사격장 관리 부대에 잘못이 있겠지만, 아마 거기 가서도 따지긴 어려울 터였다. 그 부대 군인들도 잡아떼기 십상이었고, 용화동 사람들이 말썽을 일으키면, 안전 사고가 날 위험이 크다고 사격장 출입을 아예 막을 터였다. 자칫하면, 밥줄이 끊기는 것이었다. 민둥산인 관측소에 늘어선, 군복 입은 사람들을 멀거니 올려다보던 그 사람은 나오던 말을 되삼키고 힘없이 돌아섰다.

그때 나는 보았다, 얼굴이 햇볕에 그을리고 바짝 마른 중년 사내의 눈에 어린 눈물을. 무력한 분노와 하소연할 데 없는 설움이 뒤엉킨 아픈 눈물을. 저린 가슴으로 나는 자신을 나무랐다, 좋게 얘기해서 마음을 풀어줄 수도 있었지 않았느냐고. 그러나 나는 이내 마음을 도사렸다, 사람이 다치거나 죽었을지도 모르는 판에, 섣불리 위로하다가 꼬투리를 잡힐 수도 있다고.

말썽이 없었던 것으로 보아, 다행히, 사람이 다치지는 않았던 모양이었다. 모처럼 표적을 고를 수 있는 기회가 온 김에 측지(測地)만 하고 그때까지 써 본 적이 없었던 오른쪽 끝의 표적에 대해 사격 요구를 내렸던 것이 천행이었다.

| 3 |

관측장교의 임무가 쉽지 않으므로, 사탄 관측에 얽힌 기억들은 많았다. 그런데 세월이 지나면서, 별것 아닌 그 기억이 풍화된 다른 기억들 사이에서 단단한 노두(露頭)처럼 점점 또렷이 드러났다. 그리고 팻말처럼 서서 내 인품의 한계를 가리켰다: "너의 인품은 여기서 끝난다. 여기 너머로 너는 갈 수 없다." 화가 끓는 사람의 마음을 좋은 말로 풀어줄 생각보다는 말썽을 일으킬 것을 먼저 걱정한 내 인품의 초라한 단면을 가리키면서, 그 낡은 팻말은 아직 내 마음 한구석에 서 있다.

작가에게 그런 기억을 다루는 길은 그것을 작품의 소재로 삼는 것이다. 그렇게 하는 것은 치유적 효과가 있다. 실제로 나는 그 경험을 두번째 장편 소설 〈높은 땅 낮은 이야기〉에서 다루었다. 그래도 그 기억은 아직 망각의 영역으로 들어가기를 거부한다.

| 4 |

지난 겨울 나는 다시 용화동을 찾았다. 스물일곱 해 만이었다. 제대를 몇 달 앞두고 마지막으로 용화동의 관측소에 올랐을 때, 나는 생각했었다, '내가 이곳에 다시 오를 날은 없겠지.' 그리고 지나가는 얘기로 덧붙였었다, '사람 일은 모른다고 하지만.' 정말로 모르는 것이 사람 일이었다. 문학 작품의 무대가 된 곳들을 소개하는 난을 가진 신문사의 요청으로 담당 기자들과 함께 용화동을 찾은 것이었다.

사격장은 많이 변해 있었다. 관측소는 민둥산이 아니라 근사한 건물이었다. 표적 지역은 끊임없이 떨어지는 포탄에 깎여서 내가 열심히 좌표를 익혔던 표적들은 거의 다 사라지고 없었다.

변하지 않은 것은 포탄이 내는 소리였다. 동행한 문학 담당 기자와 사진 기자는 느닷없는 폭음에 놀라서 낯빛이 변했지만, 내 눈은 나도 모르는 사이에 탄착점을 찾고 있었다. 관측장교들에게 첫 사탄을 찾는 일은 관측의 성패를 좌우하는 일이어서, 모두 사탄이 내는 소리로 어디 떨어진 것인가 짐작하는 요령을 열심히 익히게 마련이었다.

| 5 |

용화동 마을에서 나는 노인 한 분에게 마을 사정을 물었다. 이제는 마을이 커져서, 칠십 호가 넘는다고 했다. 아직 고철을 줍는 사람들이 있느냐고 묻자, 그 분은 이제 그 일에 매달리는 사람은 없다고 했다. 그 동안 우리 사회가 이룬 경제 발전 덕분에, 한때 목숨을 걸고 찾았던 일자리는 사라진 것이었다.

나는 슬그머니 물어보았다, 혹시 고철을 줍다가 다치거나 죽은 사람은 없었느냐고. 노인은 대꾸했다, 그 동안에 두 사람이 죽었고 여럿이 다쳤노라고.

옛일이 떠올라서, 나는 속이 뜨끔했다. 다친 사람들은 어떻게 됐느냐고 묻자, 노인은 크게 다치고도 살아난 사람의 얘기를 해주었다. 포탄에 맞아 배가 갈라져서 내장이 밖으로 나왔을 만큼 큰 부상이었다. 내장을 판초로 덮고 포적 지역에서 끌고 내려와 병원으로 옮겼는데, 그 사람은 아직 건강하게 살아있다는 것이었다. 앞니가 다 빠진 노인은 그 얘기를 들려주더니, 얼굴에 웃음을 띠고 덧붙였다, "다 운수 소관여."

나는 다시 물었다, "제가 저 위 관측소에서 사탄 관측을 많이 했는데, 그런 사고가 났단 얘기는 못 들었습니다."

노인은 가볍게 대꾸했다, "군대가 다 입을 틀어막아서, 그렇지, 왜 사고가 안 나? 많이 났지."

갓 임관한 젊은 장교들에게

| 1 |

먼저 축하의 말씀을 드립니다. 길고 어려운 후보생이나 생도 과정을 마쳤다는 것은 누구에게도 뜻 깊은 성취일 터입니다. 그리고 임관은 그런 성취에 대한 보상을 넘어 큰 영예입니다.

여러분들이 갓 참여한 군대는 영예로운 집단입니다. 자신이 속한 사회의 이익을 위해 자신의 이익을 희생하는 것은 사람이 보일 수 있는 가장 고귀한 덕성입니다. 군인들은 다른 사람들을 위해 자신의 목숨을 바칠 준비가 된 사람들이고, 위기가 닥치면, 실제로 그렇게 스스로를 희생합니다.

1915년 오토만 투르크 군대와 영국 군대 사이에 벌어진 〈갈리폴리 싸움〉에서 무스타파 케말은 병사들에게 말했습니다, "나는 귀관들에게 싸우라고 명령하는 것이 아니다. 나는 귀관들에게 죽으라고 명령하는 것이다." 투르크군 병사들은 이 비장한 명령에 따라 영국군 진지를 공격하는 어려운 싸움에 나섰고, 자신들의 목숨을 던져 조국을 지켰습니다.

임무를 위해서 서슴없이 아래 사람들에게 죽기를 명령하는 사람들과 그 명령을 좇아 자신들의 확실한 죽음을 향해 총검을 들고 나아가는 사람들을 군대 말고 다른 어느 집단에서 찾을 수 있겠습니까? 신기하게도, 그런 용감한 모습은 동서고금의 모든 군대들이 수없이 보여주었습니다.

2

군대가 늘 그렇게 고양된 모습만을 보여주는 것은 물론 아닙니다. 군대는 자주 게으르고 비효율적이며 때로는 야만적인 모습을 드러냅니다. 특히 자신의 목적과 임무를 잊거나 사기가 떨어진 군대는 추악한 집단이 됩니다. 그러나 군대가 본질적으로 영예로운 집단이라는 것을 우리는 새겨야 합니다. 그래서 자신들의 영예를 인식하는 것이 인종 청소와 같은 야만과 타락에 대한 가장 효과적인 해독제인 것입니다.

이처럼 밝은 면의 뒷면엔 그러나 군대가 일하기 쉬운 곳이 아니라는 사실이 자리잡고 있습니다. 미국 남북전쟁에서 용명을 떨친 윌리엄 셔먼(William Tecumseh Sherman)의 얘기대로, 전쟁은 지옥입니다. 전쟁을 하지 않을 때에도 그 지옥에 대비해야 하므로, 군대는 늘 지옥의 특질들을 다소간 띠게 마련입니다.

사정을 한결 어렵게 만드는 것은 지금 우리 사회가 북한과의 관계에서 혼란을 겪고 있다는 사실입니다. 한 민족이 둘로 나뉘어 싸우게 되면, 적이 같은 민족이라는 사실 때문에 어느 정도의 혼란은 필연적입니다. 우리 정부가 북한에 대한 유화 정책을 추구하고 금강산 관광과 같은 남북한 사이의 교류가 늘어나면서, 그런 혼란은 부쩍 커졌습니다. 우리 사회의 그런 혼란은 필연적으로 우리 군대에도 반영되게 마련입니다. 그런 상태에서 우리 군대의 목적과 목표를 또렷이 하고 전쟁에 대비하는 일은 긴요하지만 쉽지는 않습니다.

초급 장교들은 사정이 더욱 어렵습니다. 병사들을 실제로 지휘하는 일은 언제나 힘든 과업입니다. 혈기가 거센 병사들을 이끌고서 힘들고 위험한 일을 해야 하는데, 병사들에게 동기를 부여할 길은 마땅치 않습니다. 초급 장교들에겐 병사들에게 보일 수 있는 '당근' 은 아예 없고 '채찍' 도 실제로는 쓰기 어렵습니다.

책임과 권한 사이의 괴리가 초급 장교들보다 더 큰 경우는 아마 없을 것입니다. 그 큰 틈새를 여러분들은 패기와 슬기로 메워야 할 것입니다. 여러분들이 그 일을 성공적으로 수행할 때, 삼십여 년 전에 나와 내 동료들이 불렀던 군가의 한 구절처럼, 우리는 여러분들을 믿고 단잠을 이룰 것입니다.

| 3 |

위에서 얘기한 바처럼, 조국을 지키는 군대에서 복무하는 것은 무척 영예로운 일입니다. 그리고 보답도 큽니다. 무엇보다도, 젊은 시절의 한 부분을 군대에서 힘들고 위험한 일들을 하면서 보냈다는 생각으로부터 우리가 얻는 심리적 자산은 결코 작지 않습니다. 갖가지 핑계를 대고 군대에 가지 않은 사람들이 많지만, 나는 아직 만나지 못했습니다, 군대에서 보낸 자신의 삶의 한 부분을 달리 보냈기를 바라는 사람을.

그래서 나는 여러분들께 한 번 더 축하의 말씀을 드립니다. 그리고 여러분들 모두가 어려운 초급 장교 시절을 무사히 마치고 중견 장교들로 승진하기를 또는 사회로 되돌아오기를 진심으로 기원합니다.

시장에서 모은 재산의 뜻

1

우리 사회는 시장 경제 체제다. 시장 경제의 시장은, 아주 넓게 그리고 추상적으로 정의하면, 개인들의 상업적 거래들을 모두 합친 것이다. 그래서 시장은 아주 방대하고 복잡하고 끊임없이 변해서 누구도 그것을 제대로 그려볼 수 없다. 이 점에서 구조가 아주 간단하고 움직임도 이내 드러나는 정부와 대조적이다.

자유로운 사람들의 자발적 거래들은 당사자들 모두에게 이익이 되므로 성립한다. 그래서 거래가 이루어지면, 당사자들의 복지는 일단 늘어난다. 그리고 그런 거래 때문에 다른 사람들이 손해를 보는 경우는 상상하기가 쉽지 않을 만큼 드물다. 자연히, 모든 자발적 거래들은 다른 사람들에게 손해를 입히지 않으면서 적어도 한 사람의 복지를 늘리는 '파레토 개선(Pareto improvement)'을 이룬다.

| 2 |

사정이 그러하므로, 시장에선 불의나 부패가 원천적으로 적다. 자발적 거래들로 이루어진 것이니, 공정하지 못한 조건을 강요받는 경우도 없고 지속적 부패가 나오기도 어렵다. 시장에 대해 퍼부어지는 많은 비난들에도 불구하고, 시장은 아주 정의롭고 깨끗하다. 사회악으로 비난받는 투기까지도 큰 위험을 부담하는 거래라는 점에서 경제적 기능을 수행한다.

반면에, 정부는 필연적으로 권력을 쥔 자들의 자의적 결정과 부패를 부른다. 액턴(Acton)의 말대로, 권력은 필연적으로 부패한다. 그 권력이 국민들에게 배분된 경우에도, 그렇다. 경제학자들이 '지대 추구(rent-seeking)' 라 부르는 행위들이, 즉 정치적 영향력을 통해서 보다 많은 이권들을 차지하려는 시도들이 끊임없이 나오기 때문이다. 그래서 시장 경제는 깨끗한 사회의 필수 조건이다.

사람들이 재산을 모으는 과정을 살펴보면, 수많은 거래들을 통해서 조금씩 쌓아간다. 그 거래들은 모두 자유로운 개인들의 자발적 거래들이므로, 거기서 나오는 이익은 모두 깨끗하다. 따라서 시장에서 모은 재산은 깨끗한 재산이다. 이 불완전하고 불공평한 세상에서 그래도 덜 불완전하고 불공평한 것이 바로 시장이다.

게다가 거래는 당사자들이 모두 이익을 보아야 성립되므로, 시장에서 재산을 많이 모은 사람들은 다른 사람들이 자신들의 복지를 늘릴 기회를 준 셈이다. 모두 잘 아는 것처럼, 큰 돈을 버는 가장 확실한 길은 많은 소비자들의 수요를 잘 채워주는 상품들을 시장에 공급하는 것이다.

3

지금 우리 사회에선 큰 재산을 모은 사람들에 대한 눈길이 곱지 않다. 갑부들이 영웅 대접을 받는 다른 나라들과 사정이 크게 다르다. 근본적 원인은 물론 부패를 통해서 큰 돈을 번 사람들이 너무 많았다는 사정이다. 그러나 그런 부패는 늘 시장 밖에서, 즉 정부 부분에서, 나왔음을 우리는 인식해야 한다. '정경유착' 이라 불린 행태는 시장과 아무런 관계가 없다. 그것은 시장 밖에서 권력에 의해 이루어진 정치적 결정들이 시장의 경제적 결정들을 왜곡한 것에 다름아니다.

다른 모든 기구들과 마찬가지로, 시장도 완전하진 못하므로, 시장에서 모은 재산들도 모두 순수하다고 할 수는 없다. 그러나 그런 재산에 낀 때는 비교적 작다. 예컨대, 평생 변변한 일자리를 갖지 않고서도 큰 재산을 모은 정치인들의 경우와는 비교가 되지 않는다.

시장에서 모은 재산은 현실에선 가장 깨끗한 재산이다. 아울러 그 재산은 그 주인이 사회의 복지를 늘렸다는 징표이기도 하다. 근년에 우리 사회에선 정부 부문이 빠르게 늘어나고 시장은 점점 위축되었다. 그런 추세는 여러 모로 걱정스럽지만, 깨끗한 재산을 쌓는 것이 점점 어려워진다는 점에서도 걱정스럽다.

우리가 던진 주사위

| 1 |

"주사위를 던지다"라는 표현은 흔히 쓰인다. 그러나 그 뜻은 보기보다 덜 또렷하다. 그런 까닭은 아마도 그것이 원래 서양에서 쓰인 표현이란 사정에 있겠지만, 그런 사정 뒤엔 다시 주사위가, 지금은 경기나 노름에만 쓰이지만, 예전에는 미래의 일을 알아내는 데에도 쓰였다는 사정이 있다.

브리태니커 백과사전에는 "주사위의 첫 용도는 미래의 일을 알아내는 것과 심지뽑기였을 것이다; 조선과 중국에서 처음에 쓰인 주사위들의 표시들을 살핀 학자들 가운데 몇은 그런 결론을 내렸다"고 나온다. 그러나 중국 과학사의 고전인 조지프 니덤(Joseph Needham)의 〈중국의 과학과 문명(Science and Civilization in China)〉을 보면, 중국 사람들이 미래의 일을 알아내는 데 쓴 여러 방법들 가운데 주사위는 들어있지 않다. 설령 그런 목적에 쓰였더라도, 보조 수단이었을 것이다. '술수(術數)' 라 불린 그런 방법들은 대부분 우리에게 익숙하고 아직도 우리 삶에 큰 영향을 미치는 것들이어서, 주사위는 우리 사회에서도 그런 목적에 쓰이지 않았다고 보아도 될 듯하다.

그래서 미래의 일을 알아내는 데 주사위를 쓴 것은 주로 서양 사람들이었고, "주사위를 던지다"라는 표현도 원래 서양에서 나왔다. 그 표현이 쓰인 경우들 가운데 가장 잘 알려진 것은 물론 카에사르가 군대를 이끌고 루비콘 강을 건널 때였다.

2

여기서 눈여겨볼 것은 그 표현이 비유로 쓰일 때는 언제나 "주사위는 던져졌다 (The die is cast)"라는 형태를 하고 '가야 할 길이 바꿀 수 없이 결정되었다' 라는 뜻을 지닌다는 점이다. 자연히, 강세는 미래의 일을 알아보기 위해 주사위를 던지는 것에 두어지는 것이 아니라 던져진 주사위가 가리키는 길을 따르는 것에 두어진다.

그러나 지금 우리 사회에서는 "주사위를 던지다"라는 표현이 그런 뉘앙스를 풍기지 않는다. 대신 불확실한 상황에서 아주 모험적인 길을 고른다는 뜻을 지닌다.

위의 두 가지 뜻이 가리키는 행위들은 상당히 다르다. 전자엔, 가야 할 길이 드러났으므로, 그 길을 따라야 한다는 생각이 밑에 깔렸다. 후자엔 가야할 길이 또렷이 드러나지 않은 상황에서 모험적인 길을 스스로 고른다는 뜻이 짙게 배었다.

그러고 보면, 그런 사정은 자연스럽다. 서양 사람들의 표현은 수동태고 우리 표현은 능동태다. 이 점은 꽤나 흥미롭다. 수동태가 우리 말에선 그리 자연스러운 표현이 아니라는 사실을 감안하더라도.

| 3 |

일반적으로, 동양 사회는 정체적이고 동양 사람들은 수동적이어서 모험을 꺼리는 것으로 여겨져 왔다. 반면에, 서양 사회는 발전적이고 서양 사람들은 능동적이어서 모험을 마다하지 않는 것으로 여겨져 왔다. 그런 상투적 규정은 무척 최면적이며 작지 않은 해를 끼쳤다. 역사를 살펴보면, 그것이 크게 그른 얘기임이 드러난다.

모험적인 길을 고르는 것은 비합리적이 아니다. 모험적인 길은 실패할 확률이 큰 대신 보답도 크다. 그래서 보답이 작지만 안전한 길을 고르느냐 아니면 위험이 크지만 보답도 큰 길을 고르느냐 하는 것은 궁극적으로 선호의 문제다.

어느 사회나 해가 갈수록 관료적이 되어 모험적 길을 고르는 사람들이 줄어든다. 한 직장에서 평생을 마친 사람들을 높이는 풍조나 퇴직금의 누진제에서 보듯, 사회는 점점 모험적인 길을 고르는 사람들이 손해를 보도록 짜여진다. 그러나 사회는 모험적인 사람들을 필요로 한다. 사회의 발전과 종(種)의 번창은 새로운 영역을 탐험해서 새로운 기회를 찾아내는 개체들에게 달렸다.

| 4 |

우리는 지난 서른 해 동안 무척 모험적인 길을 골랐다. 무엇보다도, 1950년대와 1960년대에 유행했던, 비교적 안전해 보이는 '수입 대체 정책' 대신 무모하다고 여겨진 '수출 지향 정책'을 골랐다. 달리 말하면, 우리는 눈길을 안으로 돌려 안주한 것이 아니라 밖으로 돌리고 낯선 환경 속으로 뛰어들었다. 그리고 모험에 따르는 큰 보답을 얻었다.

우리의 그런 모험적 선택은 "주사위를 던지다"라는 능동태 표현에 잘 나타난 듯하다. 비록 무의식적이긴 하지만, 우리는 우리가 집단적으로 모험적 선택을 했음을 느낀 것은 아니었을까?

경제 건설 시대의 상징

| 1 |

어젯밤 황사로 흐릿한 한반도의 하늘 속으로 큰 별 하나가 스러졌으리라. 예로부터 일러오지 않았는가, 인걸이 죽으면, 하늘에서 큰 별 하나가 진다고.

사람들은 그를 '왕 회장' 이라 불렀다. 그가 세운 회사들의 직원들 사이에서 시작되었을 이 호칭은 아주 자연스럽게 우리 사회 전체로 퍼졌다. 그 호칭으로 불릴 만한 기업가들이 아주 드문 것은 아니었지만, 우리에게 '왕 회장' 은 한 사람뿐이었다.

그랬다, 그는 '왕' 이라 불릴 만했다. 그가 '현대 그룹' 이라는 기업 왕조를 창건했다는 사실 때문만은 아니다. 그는 20세기 전반에 태어난 두 세대의 한국 사람들을 상징하는 인물이기도 했다. 그 두 세대는, 불운했던 내 아버지가 속했고 내가 거기 속한 것을 자랑스럽게 생각하는 그 두 세대는, 말 그대로 아무 것도 없는 땅에, 변변한 공장 하나 없고 식민지의 역사와 전쟁의 참상만이 무겁게 덮인 땅에, 현대적 경제를 세우려고 애쓴 사람들이다. 그리고 그들은 성공했다, 도저히 성공할 수 없다는 바깥 사람들의 예측을 깨고.

2

그 가슴 벅찬 도전에 참여한 사람들 가운데서 정주영(鄭周永)(1915~2001)은 가장 정력적이고 재능이 크고 대담했다. 그는 불가능하다고 여겨진 일들에 대담하게 도전해서 상식을 뛰어넘는 통찰과 임기응변으로 멋지게 해냈고 현대적 공장들을 잇따라 세웠다. 그는 당시 우리 사회가 필요로 하는 인물이었고, 그는 자신의 야망과 재능을 한껏 발휘할 자리를 얻었다. 말을 바꾸면, 그는 시대를 잘 타고 태어난 인물이었다. 그리고 시대를 잘 타고 태어난 사람만이 큰 인물이 될 수 있다.

그가 임기응변에 뛰어났다는 사실까지도 그가 시대를 잘 타고 태어났음을 가리킨다. 그에겐 임기응변으로 고비를 넘긴 일화들이 많다. 겨울에 미군 부대 공사를 하면서, 파란 잔디를 구해서 덮을 수 없느냐는 미군 책임자의 요청에 보리를 옮겨 심어서 미군 책임자가 감탄했다는 얘기부터 흙이 자꾸 물에 쓸려나가는 공사에서 가마니를 덮어보라고 했다는 얘기와 제방을 쌓을 때 헌 배를 가라앉혀서 어려운 공사를 끝냈다는 얘기를 거쳐 우리들 모두에게서 탄성을 자아낸 '소떼 방북'에 이르기까지. 그가 활동했던 시대는 극심한 혼란과 예측하기 어려운 위험들이 사람들의 삶을 어렵게 했던 때였다. 그런 시기엔 깊은 생각과 멀리 내다보는 혜안보다는 위기를 극복하는 임기응변의 능력이 생존에 훨씬 큰 도움이 된다.

3

그가 맞이했던 가장 큰 위기는 물론 소액주주제가 도입되고 기업의 투명성이 강조되면서, 현대 그룹의 역량을 대주주 마음대로 쓸 수 없게 된 것이었다.

무릇 젊어서 큰 일들을 이루어서 현군 소리를 들으며 오래 통치한 왕들은 이런 위험을 맞게 마련이다. 한 무제 (재위 기원전 141~87)와 루이 14세 (재위 1643~1715)는 대표적 예들이다. '왕 회장' 이 그들의 경험에서 배우지 못한 것은 참으로 아쉽다.

헐벗은 이 땅에 현대적 경제를 세운 두 세대를 상징했던 기업가가 떠났다. 이제는 발전된 경제 체제에 걸맞게 세련되고, 점점 빠르게 바뀌는 사회 환경에 기민하게 대응하는 기업가들이 나와서 우리 경제를 이끌어야 할 것이다.

군자의 바둑,
군자의 삶

| 1 |

LG배 세계기왕전 결승에서 이세돌 기사가 이창호 기사를 이겨 기왕이 된 것이 화제가 되었다. 이창호가 어린 나이에 정상에 올라 줄곧 그 자리를 차지했던 터라, 나이 어린 도전자가 그를 이긴 것은 당연히 흥미로운 일이다. 게다가 이세돌은 재능이 뛰어나고, 두터운 바둑을 두는 이창호와는 대조적으로 날렵한 바둑을 두므로, 둘 사이의 대국은 한결 더 흥미롭다.

그래서 이번 대국에 큰 뜻을 부여하려는 충동도 자연스럽다. 하긴 이번 대결에선 이세돌이 이창호보다 훨씬 활기찬 바둑을 두었다. 이세돌은 기량을 한껏 발휘했지만, 이창호는 어린 도전자에 대해 심리적 부담을 많이 느낀 듯했고 여느 때보다 훨씬 무력한 경기를 했다. 한국 바둑에서 최고수의 세대 교체가 시작되었다는 얘기까지 나오는 모양이다.

그럴 법한 얘기다. 장기, 고누, 화투, 포커, 마작 같은 다른 놀이들과 마찬가지로, 바둑은 본질적으로 계산 장치다. 대국자들이 또렷한 규칙들에 따라 계산을 해서, 더 잘 계산한 사람이 이기는 것 - 그것이 바로 바둑이다.

그래서 바둑에 필요한 것은 그런 계산을 잘 하는 재능과 기술이다. 이런 재능과 기술은 아주 특수한 종류의 것들이어서, 바둑을 잘 두는 데는 원숙한 인품이나 세상에 대한 너른 지식이 거의 필요하지 않다. 대신 계산 능력, 기억력 그리고 체력이 결정적 중요성을 지닌다.

자연히, 바둑 실력은 아주 일찍 꽃이 피니, 근년에 집중적 훈련을 받은 어린 기사들이 원숙한 기사들보다 훨씬 좋은 성적을 낸 것은 바로 이런 사정 때문이다. 지금 기사들의 실질적 정년은 30세라고 해도 크게 어긋나지 않는다. 이런 현상은 다른 놀이들에서도 나타났다. 국제적으로 가장 중요한 지적 놀이인 서양 장기(chess)에서 특히 뚜렷하니, 1980년대 이래 서양 장기 대회를 휩쓰는 것은 10대와 20대 기사들이다.

2

이렇게 보면, 이세돌이 이창호를 밀어내고 최고수의 자리를 차지한다고 해도, 놀랄 일은 아니다. 정말로 놀라운 일은 이창호가 그렇게 오랫동안 최고수의 자리를 지킨 것이다. 최고수의 자리를 놓고 스승 조훈현과 긴 싸움을 벌인 일이 이제는 가물가물한 기억이 되었다.

설령 이창호가 이세돌에게 최고수의 자리를 내준다 하더라도, 이창호의 바둑은 오래 기억될 것이다. 물론 그의 바둑에 대한 공헌은 바둑을 바라보는 패러다임을 바꾼 오청원이나 다케미야 마사키(武宮正樹)의 그것처럼 혁신적이진 못했다. 그래도 그의 바둑은 독특한 면모을 지녔고, 분명히 '이창호류' 라고 불린 만한 것이었다.

이창호 바둑의 두드러진 특질은 무리한 수를 두는 경우가 아주 드물다는 점이다. 그런 특질은 그가 불리한 판에서 특히 두드러진다. 일반적으로, 바둑이 불리해지면, 거의 모든 사람들은 비상 조치가 필요하다고 느낀다. 그래서 법수들을 두기보다는 상당히 위험하거나 무리하게 보이는 수들을 고른다. 이른바 '승부수' 다. 그러나 이창호는 그렇게 하는 경우가 드물다. 상황이 뚜렷이 불리해져도, 그는 법수들을 두면서 기회가 오기를 기다린다. 그리고 대개 기회는 찾아오고, 그는 판세를 역전시키곤 한다. 아직 어린 기사가 보인 그런 어른스러움에 얼마나 많은 사람들이 찬탄을 했던가.

이창호의 바둑은 그래서 우리의 삶에 관해 중요한 교훈 하나를 제시한다. 어떤 사람의 삶에서 무리한 판단이나 행동이 정당화되는 경우는 드물다. 법이든 도덕률이든 개인적 약속이든, 지킬 것들은 지켜야 하고, 삼갈 것들은 삼가는 것이 옳고 현명하다.

3

안타깝게도, 늘 그렇게 행동하기는 누구에게도 무척 어렵다. 역경에선 특히 어렵다. 훌륭한 인품을 지닌 것처럼 보였던 사람들이 역경을 만나자 선뜻 위험한 일들을 벌이거나 부도덕한 행동을 하거나 쉽게 변절하는 것을 우리는 너무 자주 본다. 어려운 처지에서도 자신을 절제하고 도리를 지키면서 역경을 헤쳐나가는 사람들은 그리 많지 않다. 그래서 공자께서도 말씀하셨다, "군자는 곤궁함을 굳게 지키고, 소인은 곤궁하면 범람하느니라(君子固窮 小人窮斯濫矣)."

그러나 길게 보면, 어려운 처지에서도 꿋꿋이 지킬 것들은 지키고 삼갈 것들은 삼가면서, 순리대로 살아가는 사람들에겐 흔히 기회가 찾아온다. 적어도, 패가망신하는 경우들은 드물다. 반면에, 어려움을 만나면 거리낌 없이 도리를 어기거나 변절을 하는 사람들은 단기적으로는 잘 되는 것처럼 보이지만, 길게 보면, 크게 성공하는 경우들이 생각보다 드물다. 요즈음 우리 사회처럼 혼란스럽고 '한탕주의' 가 널리 퍼진 곳에선, 그 점이 특히 강조되어야 한다. 어지러운 세상에서도 군자의 삶을 따르려는 태도는 사회적으로 소중할 뿐 아니라 개인적으로도 대체로 현명하다. 그것이 바로 이창호 바둑이 우리에게 말해주는 교훈이다.

이창호 바둑은 군자 바둑의 전범이다. 내 생각엔 일찍 꽃을 피우고 오래 시들지 않은 그의 바둑의 비결이 바로 거기 있다. 그리고 그가 앞으로도 오랫동안 세계적 고수들 가운데 하나로 활약하리라는 내 믿음도 거기에 바탕을 두었다.

이창호 바둑은 '어둡다' 는 얘기를 하는 사람들이 있다. 특히 화려한 공격을 즐기는 유창혁과 대비해서 그런 얘기가 자주 나온다. 그러나 그런 평가는 근거가 그리 튼실하지 못하다. 군자의 바둑이 어떻게 어두울 수 있겠는가. 무리하거나 소탐대실하는 경우가 적다는 점에서, 나는 그의 바둑이 조화를 중시한 오청원의 바둑과 언뜻 보기보다는 가깝다고 여긴다. 그리고 지금까지 오청원보다 '밝은' 바둑을 둔 사람은 없었다.

여기서 소수 의견을 하나 더 얘기하자면, 이창호의 바둑은 방어적이 아니라 공격적이다. 그의 바둑처럼 '두터운 바둑' 은 상대에게 실리를 먼저 허용하고 뒤에 상대의 엷음을 공격하겠다는 전략에 바탕을 두었다. 그런 바둑을 방어적이라고 부르는 것은 이상하다. 반면에, 이세돌의 날렵한 바둑은 먼저 실리를 얻고 뒤에 상대의 공세를 잘 피하겠다는 전략에 바탕을 두었다. 따라서 이세돌의 화사한 바둑이 실은 방어적이다. 그리고 '이창호류' 가 바둑을 단조롭게 만든다는 얘기도 근거가 약하다. 바둑의 본질과 관련해서 자주 쓰이는 말이 유현(幽玄)인데, 이창호의 바둑은 유현의 지경에 가장 가까이 간 것처럼 내겐 다가온다.

이세돌의 재능은 낭중지추(囊中之錐)라는 옛말을 떠올리게 만든다. 그의 바둑은 화사해서 관전자들을 즐겁게 한다. 당연히, 팬들도 많다. 이제 고수들의 반열에 올라섰으니, 자신의 마음을 잘 다스리고 정진해서 그 빼어난 재능을 활짝 피우고 독특한 아름다움을 드러낼 때다. 곧 '이세돌류' 라는 말이 들리기를 기대한다.

| 4 |

따지고 보면, 바둑은 사소한 놀이다. 바둑을 모르고도 아무런 불편이나 부족을 느끼지 않고 평생을 보내는 사람들이 얼마나 많은가. 그럼에도 불구하고, 어쩌면 그렇기 때문에, 기사들은 진지한 장인 정신을 보여야 한다. "내가 하는 모든 것들은 얼마나 하찮은가. 그러나 내가 그것들을 해야 한다는 것은 얼마나 중요한가" 라는 볼테르의 말이 그리 적절하게 느껴지고, "목숨을 걸고 둔다" 는 조치훈의 말이 가슴 깊이 들어오는 것은 바로 그런 사정 때문이다.

그렇다. 바둑의 깊은 즐거움을 한 번 맛본 사람들에겐 바둑은 결코 사소한 것일 수 없고, 바둑을 업으로 삼은 기사들의 자세는 어떤 상황에서도 흐트러져선 안 된다. 기사들은, 특히 고수들은, 명국들을 통해 우리에게 즐거움만이 아니라 삶에 대해 성찰할 기회도 주어야 한다.

이창호도 이세돌도 아직 젊다. 그리고 조훈현과 서봉수의 경우처럼, 그들은 좋은 라이벌들이 되어 서로 의지하면서 자랄 수 있다. 좋은 라이벌은 좋은 친구보다 훨씬 드물고 훨씬 소중하다. 정상에 선 사람들에겐 특히 그렇다. 뛰어난 재능을 일찍 펼친 두 기사들이 일찍 시들지 않고 나이와 더불어 바둑과 인격이 아울러 익어서 후지사와 슈코(藤澤秀行)나 조훈현과 같은 선배들처럼 오래 활약하기를 바란다.

소설보다 훨씬 소설적인…

1

우리 축구 팀이 월드컵 경기의 16강전에서 이긴다는 내용의 소설을 고원정 씨가 펴냈다는 기사를 읽었을 때, 나는 고개를 끄덕이면서 중얼거렸다, "소설을 쓰려면, 그렇게 할 수밖에 없었겠지만…" 당시 그 소설 속의 상황이 비현실적이라고 생각한 사람은 나만이 아니었을 것이다.

'황당한 애기를 한다' 는 뜻을 나타내려 할 때, 사람들은 흔히 "소설을 쓰고 있다"고 말한다. 그러나 일반적 인식과는 달리, 소설 속에서 벌어지는 일들은 대체로 현실성이 높다. 그렇지 않다면, 독자들이 '황당한 이야기' 라고 외면할 터이다. 그래서 소설은 거의 언제나 현실보다 현실적이다.

이번 월드컵 경기에서 우리 팀은 이 점을 극적으로 보여주었다. 모든 사람들의 예상을 깨뜨리고, 고원정 씨의 '비현실적' 예측은 현실이 되었다. 그리고 8강전에서도 이겨 준결승전에 진출함으로써, 우리 팀은 이미 높아진 영광의 탑에 한 층을 더 얹었다. 우리 팀의 준결승전

진출은 미래에 관한 대담한 예측으로 명성을 얻은 고원정 씨도 차마 하지 못한 '비현실적 얘기' 였었다. 프랑스 팬이 '옹미옹보' 라고 불렀다는 주장 홍명보 선수가 "내게 월드컵 4강이라는 것이 있었나, 하고 잘 믿어지지 않습니다"라고 했을 만큼, 우리 시민들 가운데 가장 욕심 많은 사람도 준결승전에서 우리 선수들이 뛰는 모습을 꿈꾸지는 못했을 것이다.

그리고 우리의 꿈은 이어진다. 비록 우리 팀이 독일 팀에 져서, 결승전이 열리는 요코하마로 가지는 못하지만, 이제 우리는 알았다, 남의 것으로만 여겨졌던 월드컵이 우리 손이 닿는 곳에 있다는 것을. 다음 경기부터는 우리 선수들은 뛸 것이다, 16강 진출과 같은 추상적 목표가 아니라 월드컵이라는 구체적 물건을 실제로 손에 쥐기 위해서.

| 2 |

돌아다보면, 이제는 우리 눈에 들어온다, 우리 팀의 그런 멋진 성취를 가능하게 한 단단한 기반이. 크게는 우리 국력이 커졌다는 사실이 있고 작게는 우리 팀의 실력이 부쩍 늘어났다는 사실이 있다. 거스 히딩크라는 훌륭한 감독이 있었고, 큰 돈을 주고 그를 초빙할 만한 안목과 능력을 지닌 축구 행정가들이 있었다. 나는 그런 축구 행정가들이 특히 고맙고 자랑스럽다. 외국인 감독이 이끈 팀이 좋은 성적을 내지 못해서 사람들의 거센 비난을 받았을 때, 그를 보호해서 그가 소신대로 선수들을 조련할 수 있도록 해준 일은 이번 '기적' 을 낳은 수많은 요인들 가운데 가장 두드러진 것이다. 하긴 그것도 국력의 한 징표다. 그 동안 우리 사회가 원숙해지지 않았다면, 과연 히딩크 감독이 견뎌냈을까?

우리에게 진 팀들이 잔뜩 부은 얼굴로 "코리아는 운이 좋았다"고 내뱉는 모습을 볼 때마다, 그래서 나는 기분이 좋았다. '운도 실력'이 아니라 '운이 바로 실력'이다. 실력이 결정적으로 중요할 것 같은 바둑에서도 '운칠기삼(運七技三)'이란 얘기가 있다. 둥근 공을 차는 축구에서랴. 운이 찾아왔을 때, 그것을 잡는 능력이 바로 실력인 것이다. 모두 '홈 어드밴티지'를 얘기하지만, 실제로 그것이 우리 팀에게 여러모로 유리하게 작용한 것이 사실이지만, 모든 나라들이 유치하고 싶어하는 월드컵 경기를 우리가 유치했다는 사실 자체가 바로 국력이고 거기서 좋은 성적이 나온 것이다. 그리고 아시아에선 처음 열린 월드컵 경기를, 그것도 일본과 공동으로 개최해서, 모든 면들에서 성공적이었다고 칭찬받을 만큼 멋지게 치러낸 것은 우리 사회에 대한 진정한 평가인 것이다.

그 동안 우리 팀이 쌓은 업적으로 우리는 이미 엄청난 것들을 얻었다. 하도 여럿이고 커서, 그런 소득들을 지키고 활용하는 일이 우리 사회의 가장 시급한 과제로 떠올랐을 정도다. 그런 유형, 무형의 소득들 가운데 내게 가장 소중한 것은 일본 사람들이 우리에게 보인 호의다. 그런 호의는 공동개최국의 시민들로부터 으레 기대할 수 있는 수준을 훨씬 넘었고, 일본 팀이 16강전에서 졌음을 생각하면, 정말로 놀랍다. 여러 사람들이 '만일 우리가 16강전에서 지고 일본이 4강까지 갔다면, 과연 우리도 일본 팀을 그렇게 응원했을까?' 하고 자문했을 만큼, 일본 시민들의 호의는 뜻밖으로 컸다. 불행했던 역사 때문에 우리와 일본 사이에 놓인 감정적 심연을 생각하면, 그런 호의는 정말로 소중하다. 젊은 세대들이 과거가 두 나라에 채운 족쇄를 단숨에 끊었다는 점에서, 그런 호의는 가까운 이웃인 두 나라 사이의 관계에 대한 뜨거운 축복이다.

3

그래서 나는 우리의 응원가 목록에 일본 노래도 두엇 넣고 싶었다. 그런 노래들은 우리 팀에게 꼭 요코하마로 오라고 축원해준 일본 사람들의 친절과 도량에 대한 화답이고, 공동 개최국인 일본에 대한 예의이며, 우리가 함께 개최한 월드컵 경기를 멋지게 끝내자는 다짐이기도 했을 터이다.

30여 년 전 울산의 알루미늄 제련공장에서 일할 때, 목에 낀 매연을 술로 씻어내려고 공장 앞 선술집에 가면, 일본에서 기술 연수를 받은 선배들은 으레 〈부루라이또노 요꼬하마〉라는 노래를 불렀다. 그 일본 유행가는 그 뒤 우리 나라에서도 널리 불려졌었다. 지금은 제목도 아리송하지만, 부르기 쉽고 흥겨운 노래였다. 〈오, 필승 코리아〉와 함께 〈부루라이또노 요꼬하마〉가 시청 광장에 퍼지는 광경은 생각만해도 가슴이 벅찼었고, 나는 '붉은 악마들' 을 중심으로 한 우리 시민들의 경탄할 만한 거리 응원 모습을 텔레비전에서 보면서 그 노래 구절을 흥얼거렸다.

그런 내 꿈은 준결승전 경기와 함께 '소설가의 마음 속 소설' 로 끝났다. 그러나 그런 꿈을 꾸면서, 우리 팀이 요꼬하마 경기장에서 일본 관중들의 열렬한 응원을 받으면서 결승 경기를 치르는 모습을 그리면서, 젊었던 시절의 일본 유행가 한 마디를 흥얼거리는 일은 얼마나 멋진 경험이었던가.

앞으로 우리 축구 팀들이 월드컵 경기에서 어떤 성적을 낼지 예언할 수는 없다. 예언하는 것은 위험하다는 것을, 그리고 미래에 대해서 예언하는 것은 특히 위험하다는 것을, 절실하게 느낄 만큼 나는 오래 살았다.

그러나 우리 팀들이 이번보다 훨씬 좋은 성적을 내더라도, 우리가 이번에 느낀 환희보다 더 큰 환희를 느끼기는 힘들 것 같다고 나는 감히 예언한다. 불가능하게 보인 목표가 가능하다고 여겨지는 자리? 개인이나 사회나 삶에서 정말로 중요한 것은 바로 그런 시공인 것이다. 그래서 이번에 목청껏 응원했던 우리 시민들은 모두 '소설보다 소설적이었던 사건'을 늘 가슴 벅찬 감동으로 떠올리고 마음 속으로 중얼거릴 것이다: "그때 그 자리에 나도 있었지."

불모(不毛)를 묻는 타임 캡슐

| 1 |

요즈음 우리 사회에서 타임 캡슐(time capsule)이 유행한다. 광역자치단체들이 자기 도(道)의 출발 백주년을 기념하는 일로 타임 캡슐을 골랐고 그것을 만들겠다고 나선 면(面)도 있다는 얘기까지 들린다.

타임 캡슐은 1939년 뉴욕 세계박람회에서 처음 시도되었다. 지름이 15 cm이고 길이가 2.3 m인 어뢰형 통에 당시 문명을 대표할 만한 물건들을 넣어 땅속 150 m 지점에 묻어서 5천 년 뒤에 열기로 했다. 그것은 언뜻 보기에 그럴 듯하고 모방하기 쉬운 생각이어서, 그 뒤로 곳곳에서 시도되었고, 이제 타임 캡슐이란 말은 일반 명사가 되었다.

| 2 |

찬찬히 살펴보면, 그러나 타임 캡슐은 좀 유치한 생각임이 드러난다. 크고 다양한 문명의 모습을 조그만 통 속에 든 자질구레한 물건들로 대표한다는 생각은 그렇다 치더라도, 5천 년 뒤의 사람들이 그것을

받기거나 그것으로부터 도움을 받으리라는 믿음은 너무 근시적이고 일방적이다.

후세 사람들이 우리가 보인 그런 믿음을 어떻게 받아들일지 짐작하기는 쉽지 않다. 5천 년 뒤의 사람들은 우리와 여러 면들에서 엄청나게 다를 것이다. 지금부터 5천 년 전엔, 사람들은 대부분 석기를 썼고 가장 발달된 문명을 누린 사람들만이 겨우 상형 문자를 썼다. 과학과 기술의 발전이 점점 가속되는 상황에서, 5천 년 뒤에 나올 사람들과 문명들을 예측하기는 우리에게 너무 벅차다. 실은 5백 년 뒤의 인류 사회에 대해서도 마찬가지다.

그래서 후세 사람들이 우리 삶에서 알고 싶어할 것들을 짐작하기는 무척 어렵다. 5백 년 전 조선조 사람들이 타임 캡슐에 넣었을 것들을 상상해보면, 이 점이 잘 드러난다. 아마도 그것들이 대부분은 지배 계급의 이념에 관한 자료들을, 주로 유교 경전과 왕조 중심의 사료들을, 넣었을 것이다. 반면에, 지금 우리가 정말로 궁금하게 여기는 것들은 일반 사람들의 구체적 삶의 모습들이다.

| 3 |

어쨌든, 타임 캡슐에 관해서 확실한 것이 있다면, 그것은 후세 사람들이 우리 시대의 삶을 아는 데 타임 캡슐의 도움을 필요로 하지 않으리라는 점이다. 미국 고고학자 윌리엄 래드지가 창시한 뒤로, 쓰레기 매립장을 발굴해서 근대 사회를 연구하는 고고학 분야는 지금 번창하고 있다. 그리고 우리가 능숙한 것이 있다면, 그것은 쓰레기를 많이 만들어내서 땅에 파묻는 일이다. 쓰레기 매립지에 파묻힌 쓰레기는 놀랄 만큼 잘 보존된다. 따라서 후세 사람들은 우리 삶에 대해서 잘 알

것이고 어떤 분야들에선 우리 자신들보다 더 잘 알 것이다.

사정이 그러하므로, 후세 사람들이 타임 캡슐을 크게 반길 것 같지는 않다. 실은 이마를 찌푸릴 것이다. 그것을 만드는 데는 비싼 자재들이 들어가고 그런 자재들을 만드는 데는 필연적으로 환경 오염이 따른다. 후세 사람들이 우리에게서 바라는 것이 있다면, 그것은 무엇보다도 환경을 되도록 깨끗하게 남겨주는 것일 터이다. 그들은 쓸모 없는 타임 캡슐을 만드느라 이미 많이 오염된 환경을 조금 더 오염시킨 우리의 어리석음에 혀를 찰 것이다. 타임 캡슐을 만드는 사람들은 후세에 필요한 정보들을 묻는 것이 아니라 불모(不毛)를 - 정보의 불모를 그리고 상상력의 불모를 - 묻는 것이다.

타계한 가객들을 기리며

1

우리 사회에서 오래 사랑 받은 대중 가요들을 작곡한 손목인이 서거했다. 노래가 우리 삶에서 차지하는 자리를 생각하면, 우리는 대중 가요를 만든 분들의 창조적 활동에서 큰 혜택을 본 셈이다. 우리 사회가 그들에게 합당한 대우를 해주지 못했다는 자성의 목소리가 나오는 것이 조금도 이상하지 않다.

사람이 어떤 노래를 즐겨 부르는 데는 나름의 사연이 있게 마련이다. 내가 좋아하는 노래는 손로원이 가사를 쓰고 이재호가 곡을 만들어 박재홍이 부른 〈물방아 도는 내력〉이다. 시골에서 농사를 지으시던 아버지께서 즐겨 부르셨고, 나도 따라서 배웠다.

"벼슬도 싫다마는 명예도 싫어.
정든 땅 언덕 위에 초가집 짓고
낮이면 밭에 나가 기심을 매고
밤이면 사랑방에 새끼 꼬면서

새들이 우는 속을 알아보련다."

| 2 |

농사를 지어본 적이 없는 사람도 이내 알 수 있는 내용이지만, 이 노래를 제대로 음미하려면, 1950년대의 우리 시골 풍경을 떠올려야 한다. 전쟁으로 온 나라가 피폐한 터라, 세 끼 거르지 않고 먹으면, 그게 행복이었던 때였다. 물론 오락을 위한 시설은 아예 없었다. 신문이나 라디오는 말할 것도 없고 묵은 잡지 한 권 보기 힘들었다.

그래서 겨울 밤이면 마을에서 제일 큰 집의 사랑방에 모여, 모두 열심히 새끼를 꼬았다. 그리고 그 새끼로 종다래끼에서 멍석에 이르기까지 필요한 것들을 만들었다. 그을음을 내는 석유 등잔이 밝힌 어둠침침한 방안, 짚을 추려 새끼를 꼬느라 자욱하게 이는 먼지, 겨우내 씻지 않은 사람들의 지독한 냄새, 그런 가운데서도 하도 많이 해서 모두 잘 아는 농담이나 수수께끼에도 터지던 웃음 - 지금 돌아다보면 아릿한 향수로 다가오는 그 풍경을 본 적이 없는 사람에겐 〈밤이면 사랑방에 새끼 꼬면서〉라는 구절을 실감나게 부를 수 없을 터이다.

그러나 내가 이 노래에서 가장 큰 애착을 지닌 대목은 2절의 "서울이 좋다지만, 나는야 싫어"라는 구절이다. 우리 마을에서 서울을 마다할 사람은 없었다. 그때 서울은 시골 사람들에겐 환상적 도시였다. 물론 아버지도 예외는 아니었다. 그러나 그 구절은 아버지의 마음에 갈등을 일으켰다. 좀 똑똑하다는 마을 사람들은 하나씩 둘씩 서울로 가는데, 먹고 살기에 부족한 농토에 매달려야 하는 중년 사내의 안타까움과 오기가 배어, 술자리에서 그 구절을 노래하던 아버지의 불콰한 얼굴엔 비장함이 어리곤 했다. 장남이라, 나는 일찍부터 집안 일에 관심이 컸고 어른들의 동정에 민감했다. 그래서 철이 들 나이는 아니었지만, 나는 아버지의 심정을 어렴풋이나마 짐작했었다.

"흐르는 시냇가에 다리를 놓고
고향을 잃은 길손 건너게 하며
봄이면 버들피리 꺾어 불면서
물방아 도는 역사 알아보련다."

〈물방아 도는 내력〉은 산업화와 도시화가 막 시작되던 때의 농촌 사람들의 미묘한 심리를 잘 담아냈다. 그래서 사랑을 받았다.

몇 해 뒤 아버지도 마침내 어렵사리 결심을 하고 스스로 "고향을 잃은 길손"이 되었지만, 그리고 우리는 다시 시골에서 농사를 짓지 못했지만, 〈물방아 도는 내력〉에 서린 기억은 늘 새롭게 남아서, 돌아가신 아버지가 생각날 때면, 나는 그 노래를 흥얼거린다. 이젠 술자리에서도 '흘러간 노래' 라고 홀대를 받지만, 그래도 내겐 '사부곡(思父曲)' 인 셈이다.

3

대중 가요가 사랑 받는 것은 어떤 시대의 특수한 상황과 정서를 잘 담기 때문이다. 그리고 바로 그 점 때문에 대중 가요는 오래 불리기 어렵다. 그런 특수한 상황을 겪었고 그런 정서를 품었던 세대가 사라지면, 그 노래는 문득 청중을 잃어버린다. 이재호, 박시춘, 손목인, 길옥윤과 같은 작곡가들의 노래들이 그리도 오래 사랑을 받은 것은 그들의 뛰어난 재능과 사회에 대한 큰 공헌을 증명한다. 폴 매카트니가 기사(騎士)가 된 세상에서, 우리 사회는 우리 가객들에게 너무 무심하다. 이제는 그들의 업적을 기릴 길을 진지하게 찾아야 하지 않을까?

우리가 찾아야 할 마법

1

씨에서 싹이 돋는 모습은 늘 감동적이다. 길섶의 이름 모를 풀 싹에서부터 교목의 싹에 이르기까지, 싹들은 모두 귀엽고 아름답다. 아기들이 모두 귀엽고 아름답듯이. 나에겐 허리에 도토리 껍질을 두른 채 가랑잎 새로 고개를 내미는 참나무 싹보다 더 아름다운 것을 생각해내기 어렵다.

작고 단단한 씨앗이 부드럽고 파릇한 싹으로 변신하는 모습은 들여다볼수록 신비스러워진다. 고대 사람들이 그런 변신은 대지의 여신이 축복 덕분에 가능하다고 믿었다는 것이 쉽게 이해된다. 이제 우리는 안다, 씨앗이 싹으로 변신하는 것이 씨앗의 유전자들에 담긴 정보들이 구체화되는 과정임을. 그러나 그런 과학적 지식은 오히려 우리가 느끼는 신비감을 깊게 한다. 유전자들에 담긴 정보들은 무척 많고 복잡한데, 그런 정보가 싹으로 구체화되는 과정은 그리도 자연스럽고 탈이 거의 없다. 그래서 거뭇한 잔설 속에서 파릇하게 돋는 싹들을 들여다보면서, 우리는 삶의 기원이나 뜻과 같은 철학적 주제들을 자신도 모르는 새 더듬게 된다.

싹들은 물론 씨앗에 저장된 양분을 쓰면서 자란다. 그래서 싹들의 아름다운 모습은 그들의 부모들이 마련해준 것이다. 그러나 시간이 지나면서, 싹들은 자신들의 힘으로 살아가고 자라게 된다. 어렵고 때로는 혹독한 환경에서 갖가지 위험들을 맞게 되어, 더러 다치거나 죽는다. 그런 시련을 견디고 성숙해지면, 마침내 자신들의 씨앗들을 만들어내게 된다. 생각해보면, 이 세상에 자신의 씨앗을 남기는 일은 어떤 생명체에게도 사소한 일일 수 없다.

| 2 |

사람의 경우도 마찬가지다. 어릴 때는 부모가 돌보아 주지만, 자라나면서 점점 더 많이 스스로에게 의지하게 되고, 마침내 어른이 되면, 자신의 아이들을 낳아 기르게 된다. 삶이란 모든 생명체들에게 힘들므로, 그렇게 원숙한 어른이 되려면, 재능과 성품과 노력에다가 운도 어느 정도 따라야 한다.

이런 사정을 미국 시인 메이 스웬슨(May Swenson)은 이렇게 표현했다.

"젊기는 쉽다. (모두 젊다,
처음엔.) 늙기는 쉽지 않다.
세월이 걸린다.
젊음은 주어진다; 늙음은 이루어진다.
늙기 위해선
세월에 섞을 마법을 만들어내야 한다.

It is easy to be young. (Everybody is,
at first.) It is not easy
to be old. It takes time.
Youth is given; age is achieved.
One must work a magic to mix with time
in order to become old."

여기서 스웬슨이 마법이라고 부른 것이 무엇이라고 바로 짚어내기는 어렵다. 그러나 그것은 원숙한 어른이 되는 데 필요한 재능, 성품, 노력 그리고 약간의 행운과 그리 다르지는 않을 터이다. 이런 것들이 없으면, 원숙한 어른이 되기도, 어른 대접을 받는 노인이 되기도, 힘들 것이다. 그런 뜻에서, "늙음은 이루어지는" 것이다.

| 3 |

이것은 우리가 이미 잘 아는 얘기다. 그러나 이제는 사정이 좀 복잡해졌다. 사람들의 건강이 좋아지고 평균 수명이 많이 늘어나자, 노년기도 따라서 길어졌다. 전에는 50대면 "늙음을 이룬" 사람들이 평화로운 만년으로 접어드는 나이였고 60대는 활발한 사회 활동을 끝내는 나이였다. 지금은 50대와 60대는 육체적으로나 정신적으로 건강을 누리고 아직 사회적 활동에 별다른 문제 없이 종사할 수 있는 나이이다.

안타깝게도, 사회 제도들과 관습들은 그런 변화에 맞춰 바뀌지 않았다. 그래서 아직 일할 수 있는 사람들이 강제적 은퇴로 내몰리고 있다. 그런 강제적 은퇴는 개인적으로는 말할 수 없이 고통스럽고 사회적으로는 크게 낭비적이다. 따라서 육체적으로나 정신적으로나 활기를 잃지 않은 노인들이 일할 수 있도록 사회 제도들과 관습들을 바꾸는 것이 시급하다. 실제로는 사회가 그렇게 변하지 않는다면, 지금 우리가 누리는 풍요로운 생활 수준은 누릴 수 없다.

사회적 변화에 대해 통찰을 보여온 경영학자 피터 드러커는 〈다음 사회(The Next Society)〉라는 글에서 이런 사정을 또렷하게 설명했다. "발전된 나라들에서 다음 사회의 지배적 요소는 대부분의 사람들이 이제 막 주목하기 시작한 현상, 곧 노년층의 빠른 증대와 청년 세대의 빠른 축소다. 모든 나라들에서 정치가들은 아직도 현존하는 연금 제도들을 유지하겠다고 약속한다. 그러나 그들은, 그리고 그들의 선거구 주민들은, 25년 뒤엔, 건강이 허락하는 한, 사람들은 70대 중반까지 일해야 한다는 사실을 잘 알고 있다."

| 4 |

인구 구성에서의 이런 급격한 변화는 당연히 일과 직장에서도 급격한 변화를 불러올 것이다. 이 점에 관한 드러커의 예언은 대담하다. "아직 충분히 인식되지 않은 것은 노인층 - 예컨대 50세 이상 - 에서 점점 더 많은 사람들이 종래의 9시부터 5시까지 전업적으로 일하는 종업원들로서 일하지 않고, 임시직, 파트 타임 종업원, 자문역, 특별 임무 수행과 같은 여러 가지 새롭고 다른 방식으로 노동 시장에 참여할 것이다."

그러나 사회들은 아직 이런 근본적 변화에 대응할 준비가 되어 있지 않다. "종래에 '인사부' 라고 불렸고 이제는 '인적자원부' 라고 알려진 부서들은 조직을 위해 일하는 사람들이 전업적 종업원들이라고 아직도 가정하고 있다. 고용에 관계된 법률들과 규제들도 같은 가정에 바탕을 두고 있다. 그러나 20 내지 25 년 안에 어떤 조직을 위해 일하는 사람들의 아마도 반 가량은 그 조직에 의해 고용된 사람들이 아닐 터이고, 분명히 전업적으로 일하지는 않을 터이다. 이 점은 노년층에게 특히 들어맞는 얘기일 터이다."

이제 우리도 그런 상황에 대비할 때다. 전업적 고용이 끝난 뒤, 임시직이나 파트 타임 종업원이나 자문역과 같은 신분으로 일하는 '제2의 경력(second career)' 에 대비하고, 그렇게 일하는 '제이의 노년기' 에 섞을 마법을 찾아야 한다. 그런 마법의 성분들은 전업적으로 조직을 위해 일하는 '제일의 노년기' 에 섞을 마법과는 좀 다를 것이다.

입학 철이라, 유치원에 들어간 꼬마들부터 대학에 들어간 젊은이들에 이르기까지, 새 싹처럼 파릇하고 싱싱한 학생들이 삶의 봄철을 즐긴다. 어릴 적에 위험과 배고픔을 많이 겪은 세대에 속하는 나에겐 그들의 건강한 낯빛과 구김살 없는 웃음이 아무리 오래 보아도 물리지 않는 풍경이다. 그들 모두가 은은한 노년을 이루기 위해 세월에 섞어야 할 마법을 찾아내기를 - 나도 모르는 새, 내 마음은 기원한다.

'우주선 지구호'의 승객

| 1 |

사물을 새롭게 보려면, 흔히 새로운 개념이 필요하다. 그리고 새로운 개념은 흔히 새로운 말을 필요로 한다. 그래서 새로운 시각과 새로운 말은 함께 나타난다.

'우주선 지구호(Spaceship Earth)' 도 그렇게 새로운 시각을 담고 나타난 말이다. 넓어 보이는 지구가 실은 여러 가지 뜻에서 무척 작은 공간이라는 것, 지구의 생태계는 우주선의 그것처럼 여리고 예민하다는 것, 그것을 구성하는 생물들과 환경은 유기적으로 얽혀 있어서 한 부분에 가해진 충격은 다른 부분들에 갖가지 영향들을 미친다는 것 따위 사실들이 그 말에 담겼다.

| 2 |

이 말과 대척점에 있는 말로는 '사람은 자연 보호, 자연은 사람 보호' 라는 구호를 꼽을 수 있다. 학교나 공원 같은 데서 흔히 볼 수 있는

이 구호야 말로 낡고 조리에 닿지 않는 자연관의 전형이다. 바로 이 구호가 쓰여진 도표를 만드느라 자연 환경이 오염된다는 점이 이 구호의 성격을 유창하게 말해준다. '애림녹화(愛林綠化)' 라는 구호를 산마다 세우기 위해 나무들이 죽어간 것과 마찬가지다. 웃을 일만은 아니다. 산림청 예산의 상당 부분이 그 구호를 팻말에 써서 세우는 데 쓰였던 때가 바로 얼마 전이다.

사람을 포함하는 유기적 체계로 자연을 보는 것이 아니고 사람과 자연을 대립되는 존재들로 보는 이 견해는 물론 단순하고 피상적인 관찰에서 나왔다. 불행하게도, 그 해독은 단순하지도 피상적이지도 않다. 실제로 이런 견해는 환경을 합리적으로 보존하는 데 큰 장애가 되고 있다.

3

버크민스터 풀러(R. Buckminster Fuller)가 처음 쓴 '우주선 지구호' 는 여전히 바래지 않은 모습으로 다가온다. 깊은 진실을 담았기 때문에 인류의 경험과 지식이 깊어질수록 점점 새로워지는 말들 가운데 그것은 속한다. 자연을 지켜야 한다는 목소리가 높지만, 자연은 점점 시들어가는 지금, 그런 통찰은 가슴이 큰 울림을 남긴다: "우주선 지구호에 관한 가장 중요한 사실: 운용지침서가 따라오지 않았다.(The most important fact about Spaceship Earth: an instruction book didn' t come with it.)"

고마운 마약

| 1 |

커피는 매우 중요한 식품이다. 많은 사람들이 마시고 국제 무역에서 큰 몫을 차지하는 상품이라서만은 아니다. 커피는 아주 이상적인 마약이다.

사람은 천성적으로 마약을 찾게 되어 있고 아주 오래 전부터 갖가지 마약들을 써왔다. 그래서 동서고금의 거의 모든 인류 사회들은 몇 가지 마약들을 허용해왔다. 그렇게 허용된 마약들 가운데 대표적인 것은 물론 알코올이다. 니코틴과 카페인도 대부분의 사회들에서 허용된 마약들이다. 비록 이제 니코틴은 점점 괄시를 받지만.

일반적으로, 알코올, 니코틴, 그리고 카페인을 포함하는 술, 담배, 커피, 차 같은 것들은 마약으로 여겨지지 않는다. 그러나 그런 취급은 사회적 이유 때문이지 화학적 기준 때문은 아니다. 그런 마약들이 허용되는 것은 그것들을 사용하는 관행이 이미 사회 조직 속으로 깊이 들어가 있고 사회가 그것들의 사용에 대처하는 길을 어느 정도 알기 때문이지, 그것들의 영향이나 해독이 다른 마약들에 비해 작기 때문이 아니다.

| 2 |

실제로 알코올은 사람들이 가장 많이 사용하며 사회에 가장 큰 해를 입히는 마약이다. 그것은 아편, 헤로인, 모르핀, 코케인, 엠페타민, 바비튜레이트, 대마초, 그리고 끊임없이 나오는 합성 마약들 같은 다른 마약들을 합친 것보다 훨씬 큰 해를 입힌다. 담배는 해독이 너무 커서 담배갑에 경고문이 들어간 지 이미 오래고 새로운 해독이 계속 알려지고 있다. 사실 담배와 대마초 가운데 어느 것이 더 해로운가 하는 물음에 대해선 선뜻 답변이 나오지 않는다. 화학적 성질로 사람의 기분, 지각, 또는 의식에 영향을 주며 바로 그런 영향 때문에 사용된다는 점에서 카페인도 분명히 마약이다. 다만 그 영향이 아주 작을 따름이다.

바로 거기에 커피나 차 같은 카페인을 함유한 식품들의 중요성이 있다. 커피나 차가 없었다면, 마음을 조금만 자극하는 아주 약한 마약을 찾는 우리 욕구는 채워지지 않았을 터이고, 아마도 우리는 훨씬 독하고 중독성이 큰 마약들로, 예컨대, 담배나 술이나 대마초로, 그런 욕구를 채웠을 것이다.

찬 비에 흠뻑 젖은 채 덜덜 떨리는 손으로 받아 든 따끈한 커피 한 잔 - 결정적인 순간에서 커피 한 잔은 견디기 어려운 상황을 견딜 만하게 만든다. 그래서 커피는 무척 고마운 식품이다. 그러나 우리가 커피에 대해 느끼는 고마움은, 그것이 없었을 경우 우리에게 주어진 선택들이 어떤 것들인가 생각하면, 훨씬 커질 수밖에 없다.

| 3 |

처음 술을 맛보자 모두 대취하여 사냥철을 놓치는 바람에, 많은 사람들이 굶어죽었다는 어느 북미 원주민 종족의 슬픈 일화가 말해주는 것처럼, 사람들의 마약에 대한 욕구는 크고 제한이 없다. 공업용 풀을 환각제로 쓰는 우리 소년들이 보여주는 것처럼, 있을 법하지 않은 곳에서 마약을 찾아내는 능력도 크다. 그리고 생활 수준이 높은 나라들 모두에서 마약 문제가 심각하다는 사정에서 볼 수 있는 것처럼, 마약을 아예 금지하려는 노력은 실패로 끝날 수밖에 없다. 카페인처럼 약리적 영향이 아주 약하고 부작용이 적고 중독성이 그리 크지 않은 마약의 중요성은 언뜻 보기보다 훨씬 크다.

자연히, 그렇게 좋은 마약을 찾으려는 노력은 바람직하고 앞으로 끊임없이 나올 것이다. 그러나 커피처럼 맛과 향기와 약리적 효과가 이상적으로 조화된 훌륭한 마약은 쉽사리 나오지 않을 듯하다. 고마운 마약 커피는 두고두고 사람들에게서 사랑받을 것이다.

백화산 봉수터에서

1

태안(泰安) 백화산(白華山)은 이름난 산은 아니다. 높지도 않고 경치가 빼어나지도 않다. 그래도 나는 그 산에 애착이 간다. 봉우리에 있는 봉수터 때문이다.

우리 사회의 옛 모습은 재구성하기가 무척 힘들다. 사실에 바탕을 두고 진지하게 역사 소설을 쓰려는 사람들을 절망으로 몰 만큼 힘들다.

먼저, 옛 사람들의 삶을 살펴볼 만한 기록이 드물다. 고조선이나 삼한은 말할 것도 없고, 삼국 시대의 기록도 거의 없다. 이웃 중국으로 치면, 수(隋)와 당(唐)의 시대니, 고구려나 백제의 사가들이 쓴 사서들이 몇 권쯤 남아있는 것이 자연스러울 터인데, 고려 중엽에 쓰여진 <삼국사기>가 기본 사료다. 실은 조선조의 기록도 임진왜란 이전 것들은 무척 드물다. 고전 시대의 기록들이 많이 남아서, 큰 일들만이 아니라 서민들의 삶까지 그리 어렵지 않게 그려볼 수 있는 중동이나 유럽의 경우를 생각하면, 그런 처지가 무척 아프게 닿는다.

게다가 유적도 아주 적다. 경주 둘레의 신라 유적과 서울에 남은 조선조 유적을 빼놓으면, 유적다운 유적이 드물다. 그래서 긴 역사를 가진 나라들을 찾으면, 옛 자취들이 많이 남은 것이 부러워진다.

| 2 |

그렇게 우리 옛 모습을 재구성하기가 힘들다는 사실은 중요한 함의들을 품었다. "과거를 통제하는 자는 미래를 통제한다. 현재를 통제하는 자는 과거를 통제한다(Who controls the past controls the future. Who controls the present controls the past)"는 조지 오웰의 얘기가 반어적으로 가리키는 것처럼, 과거에 대한 인식은 우리 삶에 근본적 영향을 미친다.

잘 인식되지 않는 함의 하나는 우리가 우리 과거에 대해 지닌 심상에 어쩔 수 없이 큰 편향이 들어있다는 사실이다. 기록이나 유적은 생물의 화석과 같아서, 옛 모습을 보여준다. 그러나 모든 종(種)들이 고루 화석을 남기는 것이 아니듯, 기록이나 유적도 고루 남는 것은 아니다. 그래서 비교적 세월에 잘 견디는 것들이 상대적으로 많이 남게 마련이고, 그런 사정이 우리가 지닌 과거의 모습을 뒤틀리게 한다.

그런 편향이 가장 두드러진 것이 공공 조직이다. 우리 옛 사회의 공공 조직은 자취가 거의 다 없어졌고 그것들이 어떻게 움직였는가 제대로 알기는 불가능하다. 심지어 제자리에 옛 모습을 지니고 서 있는 관아 건물들이 손으로 꼽을 정도다. 그래서 알게 모르게 우리는 선조들의 삶에서 공공 조직이 차지한 자리들을 실제보다 줄이게 된다. 근년에 민중주의 사관이 득세하고 거의 모든 예술 작품들이 공공 조직을 민중에 대하 압제와 수탈의 상징으로만 그렸다는 사정도 그런 편향을 크게 했다. 그런 편향은 우리 옛 사회를 이해하려는 사람에겐 조심스럽게 피해야 할 위험이다.

3

그래서 나는 공공 조직의 자취에 대해, 비록 그것들이 조선조 중기 이후의 것들이긴 하지만, 큰 애착과 아쉬움을 느낀다. 관아는 일본의 강점기에 군청이나 읍면사무소나 경찰서로 쓰인 경우가 많아서, 그래도 나은 편이다. 옛 사회의 핏줄 노릇을 했던 역참(驛站), 원(院) 그리고 조운(漕運)에 쓰인 창고들은 거의 다 사라졌다, 지도에 이름만 남기고.

내가 나고 자라난 충청남도에서 제대로 남은 역이나 원이나 창고는, 내가 아는 한, 단 하나도 없다. 17세기 박두세(朴斗世)가 지은 〈요로원야화기(要路院夜話記)〉의 무대인 아산현(牙山縣)의 요로원이 '요란' 이란 이름으로 남았는데, 그 원의 마방(馬房) 건물이 아직 뼈대가 성한 채 서 있을 따름이다. 모두 목조 건물들인 데다가 일본 강점기와 '6.25 전쟁' 을 겪었으니, 어쩔 수 없는 일이지만, 늘 아쉬워지는 일이다. 상징적인 것은 충청도 북서부 내포(內浦) 지역의 세미를 조운하던 공세곶창(貢稅串倉) 자리에 충청도에서 가장 오래 된 천주교 성당이 서 있다는 사실이다.

4

공공 조직의 자취들 가운데 내가 특히 애착을 느끼는 것은 봉수대 터다. 변방의 위급한 상황을 알리는 봉수의 상징성도 크지만, 봉수 제도의 자취가 특히 흐릿한 까닭도 있다. 봉수 제도는 공공 조직의 중요한 부분이었지만, 제대로 남은 봉수대는 정말로 드무니, 전국 봉수들이 모이는 서울 목멱산(木覓山) 봉수대까지 없어져서 수원성의 봉수대를 참고해서 복원했을 정도다.

봉수 제도는 삼국 시대 초기에 이미 도입되었다고 하지만, 공식적 기구가 된 것은 12세기 고려 의종(毅宗) 때였다. 그 뒤로 점차 정비되었고, 특히 조선조 세종 때는 횃불을 네 개에서 다섯 개로 늘려서 정보의 전달이 훨씬 정교해졌다. 봉수 제도가 공식적으로 폐지된 것은 고종 31년(1894)이었지만, 봉수대들은 그보다 훨씬 전에 퇴락했을 것이다. 17세기 이후 대륙에선 청(淸)이 서고 일본에선 도쿠가와(德川) 막부가 자리잡아서, 외침의 위협이 아주 작아졌으니, 유지에 큰 자원이 드는 봉수대들은 차츰 버려졌을 것이다.

봉수가 있던 봉우리에 올라가서 이웃 봉수들이 있던 봉우리들을 찾아보면, 선인들의 슬기를 만나게 되어 흐뭇한 웃음이 나오게 된다. 봉수를 유지하는 일은 주민들에게 큰 짐이었다. 한시도 비우거나 눈을 팔 수 없는 일인데다가, 봉수대가 봉우리 위에 자리잡았으므로, 오르내리기가 힘들었다. 그래서 봉수대는 생각보다는 낮은 봉우리들에 설치되었는데, 그러면서도 이웃 봉수들과 신호가 잘 되었다.

| 5 |

충청도를 지나는 봉수로들은 모두 다섯인데, 가장 중요한 것은 전라도 순천도호부(順川都護府)의 돌산도(突山島) 봉수에서 시작해서 전라도 해안을 거쳐 북상한 봉수로다. 이 봉수로는 전라도 옥구현(沃溝縣)의 점방산(占方山) 봉수에서 둘로 갈라져서, 주요로인 직봉(直烽)은 동쪽 임피현(臨陂縣)의 오성산(五聖山) 봉수를 거쳐 충청도 내륙으로

통했고, 보조로인 간봉(間烽)은 북쪽 충청도 서천군(舒川郡)의 운은산(雲銀山) 봉수로 이어져서 충청도 해안을 따라 올라갔다.

백화산 봉수는 간봉의 한 고리로 남쪽 도비산(都飛山) 봉수와 동쪽 서산군(瑞山郡)의 북산(北山) 봉수를 이어주었다. 봉수대들이 하도 오래 전에 없어져서, 이제는 봉수대가 있던 자리를 찾기도 쉽지 않은 경우들이 많은데, 백화산 봉수는 위치가 또렷하다. 둘레엔 길이가 2,062척인 돌로 쌓은 성이 있다.

〈동국여지승람〉에 "사면개석(四面皆石)"이라 소개된 대로, 백화산은 바위산이어서 정상의 바위들이 우람하다. 한가지 흠은, 레이더를 운영하는 공군 부대가 봉우리에 자리잡아서, 풍경이 어쩔 수 없이 살벌하다는 점이다. 생각해 보면, 레이더는 현대의 봉수다. 세월이 가도 바뀌지 않는 것도 있다는 생각에 싱긋 웃고 둘러본다. 태안 반도 한가운데에 솟아서, 전망도 예나 지금이나 일품이다.

후기

세상이 어지러우면, 보통 사람들의 일상도 힘든 판단들의 연속이 된다. 도덕과 규칙의 필요와 정당성을 부인할 사람은 드물 터이지만, 다른 사람들이 도덕과 규칙을 가볍게 어기는 상황에선, 혼자 그것들을 지키는 것은 짐이 되고 때로는 손해가 된다. 그래서 여느 때라면 무심히 내릴 일상적 결정들이 힘든 도덕적 판단을 거치게 된다.

여기 실린 글들 밑에 자리잡은 전언이 있다면, 그것은 도덕과 규칙을 지키는 것이 어기는 것보다 낫다는 얘기다. 적어도, 옛 말씀에 있듯이, 도덕적 삶은 자체로 보답이다. 이 말은 부도덕한 삶에 대해선 할 수 없다.

이 점은 옛적부터 현인들이 지적해왔다. 그러나 도덕적 삶의 이론적 바탕이 놓인 것은 진화생물학, 심리학, 그리고 경제학이 발전하여 사람의 천성에 대한 이해가 깊어진 20세기 말엽이었다. 사람은 자연선택의 효율적 손길에 의해 다듬어진 '도덕적 동물'이다. 다른 사람들과 협력하는 대신 남을 속이는 사람들은 도덕적인 사람들보다 삶에서 얻는 것이 적었고 그래서 밀려났다. 우리는 모두 상당히 도덕적이었던 사람들의 후손들이다. 자연히, 도덕적 삶은 우리에게 유리할 뿐 아니라 우리의 천성을 충족시켜서 깊은 즐거움을 준다.

비록 짧고 가벼운 글들이지만, 여기 실린 글들엔 그런 생각이 스며 있다. 책 제목이 가리키는 것처럼, '세속적으로 현명한(worldly wise)' 것보다는 '현명하게 세속적인(wisely worldly)' 것이 삶의 본질에 맞다. 지금 우리 사회는 아주 어지럽다. 그래도 나는 '현명하게 세속적인' 태도가 적응적이라고 독자들에게 얘기하고 싶다.

2006년 12월 복 거 일